LE TRIPODE

Littératures ▪ Arts ▪ Ovnis

APRÈS

Illustration de couverture : Eduard Moritz Pechuël-Loesche,
Étude d'un crépuscule violet à Pointe-Noire, Congo, 3 octobre 1875.

L'auteur a bénéficié d'une aide à l'écriture de la Région
Provence-Alpes-Côte-d'Azur dans le cadre du dispositif
« Carte blanche aux auteurs ».

Raphaël Meltz

APRÈS

roman

LE TRIPODE

pour Louise,
pour Cuauh et Leo,

et en mémoire de
Thérèse et Sarah

prologue

On ne sait pas. On ne peut pas savoir.

Pas savoir s'il y a quelque chose de particulier dans la façon dont il enfile le short de cycliste noir qu'il s'est acheté il y a trois ou quatre ans, quand Roxane lui a offert son vélo en carbone avec lequel il part souvent pour une demi-journée ou parfois la journée entière, ça dépend si Roxane a des élèves qui viennent ou pas – aujourd'hui non ; il reviendra déjeuner. Ce short rembourré au niveau des fesses c'est franchement agréable une fois sur la selle, en revanche en haut Lucas met un simple tee-shirt, il n'assumerait pas une tenue entièrement en lycra, il veut rester un cycliste du dimanche, même si sa vie d'indépendant lui permet de faire ses sorties au milieu de la semaine il ne veut pas jouer au pro, pas ressembler à un coureur du Tour de France, il faut raison garder, c'est vrai que ce vélo si léger lui donne l'impression d'avoir des ailes, mais dès qu'il est sur une route avec des pentes un peu fortes il se fait dépasser par des jeunes de quatorze ans avec des maillots siglés de leur club local, comme s'ils étaient sur des motos, c'est tendrement humiliant.

Lucas met de la crème solaire sur la nuque, ajuste son casque, grotesque objet de plastique rassurant pourtant, marche vers le salon, il ose interrompre Roxane au piano, il sait qu'il en a le droit, puisqu'il part, ça fait partie des petits rituels qu'ils ont, ne pas partir sans dire au revoir à l'autre, quitte à le déranger dans sa concentration, de musicienne ou d'informaticien, il l'embrasse, elle ralentit le rythme de la musique sans pour autant s'interrompre, elle joue les Goldberg, elle en est à la onzième variation, elle lui sourit, elle fourre son nez dans son cou, sans cesser de jouer, Lucas pose doucement sa main sur le front de sa femme, l'embrasse sur la nuque, je serai là à midi et demi, un aller-retour à Cassis, c'est juste pour me dérouiller les pattes, il n'a pas fait de vélo depuis quelques semaines, trop pris par le travail, la mise en ligne du nouveau site d'un de ses clients les plus importants, une boîte qui vend des enseignes, depuis quelques jours il n'y a plus de problèmes majeurs, juste quelques petits bugs que le responsable web de la boîte arrivera à corriger tout seul, alors il peut se permettre de sortir, un peu de vélo ça va lui faire du bien, le désencrasser, il prend le couloir qui va vers l'arrière de la maison, derrière l'escalier, c'est une configuration un peu particulière, à l'avant de chez eux il y a le jardin qui donne sur la rue, et le garage où ils mettent la voiture, côté boulevard Annette, mais à l'arrière il y a une sorte de pièce-cagibi qui donne sur une autre rue, une petite rue qui comme souvent à Marseille porte un nom absolument pas raccord avec sa taille, ici l'avenue Pierre-Bouze, c'est vraiment étrange que cette toute petite rue de rien du tout soit appelée « avenue », au fond du cagibi il y a une lourde porte en bois fermée par deux verrous qui donne directement sur la rue, sur l'avenue, avant ils ne se servaient jamais de cette porte, on se demande même qui a pu avoir l'idée d'ouvrir de ce côté de la maison, dans ce mur aveugle, mais finalement cette porte, et le cagibi, ont trouvé une utilité quand Lucas a reçu son vélo carbone, il a plus ou moins consciemment construit un espace symbolique, se dire que ce vélo serait de l'autre côté par rapport à la voiture, c'est un peu bizarre parce que dans le garage de devant il y a les vélos familiaux, les quatre, donc aussi le sien, le vélo hollandais de Lucas, mais ce nouveau vélo, le vélo de course, c'est comme s'il avait voulu lui donner un écrin particulier, une place à part, une place justement à l'écart de la famille, de sa vie de famille, c'est son vélo juste à lui pour les tours qu'il va faire tout seul, Lucas regonfle rapidement les deux pneus, avec ces roues si fines le moindre manque d'air se fait cruellement ressentir sur les trous et les bosses, il ouvre les deux verrous, au loin il entend encore le piano de Roxane, la onzième variation Goldberg, combien de fois l'a-t-il déjà entendue, va-t-il l'entendre encore, il adore quand Roxane travaille un morceau au piano l'écouter des centaines de fois, sans jamais se lasser, dans son bureau qui est presque au-dessus du salon où le piano est installé, ou directement dans le salon où il se met pour répondre à quelques mails ou pour traîner sur internet en écoutant sa femme jouer, Lucas tient son vélo à la main, il sort, referme les deux verrous, range les clés dans la minuscule sacoche fixée sous sa selle, ferme le zip, il est 9 h 17, l'air est frais, presque froid, mais comme bientôt il sera en montée ça lui est égal, il se réchauffera en produisant son effort, il grimpe sur son vélo, retrouve immédiatement le plaisir à le faire démarrer comme une sorte de bolide, les jambes rouillées bien sûr, mais en même temps la puissance qui est démultipliée par ce poids plume et ces grandes roues dont les points de contact avec le sol sont si restreints, il ne lui faut que sept à huit secondes pour arriver au bout de la rue, à l'intersection avec le chemin de Morgiou, qui se fait entre deux murs, sans visibilité, c'est important de bien respecter le stop, d'autant qu'il y a souvent des voitures qui roulent vite, pour les automobilistes le chemin de Morgiou c'est comme une avenue et l'avenue Pierre-Bouze comme une petite ruelle qui tombe dedans, Lucas freine un peu sèchement juste avant le stop, le frein arrière casse d'un coup, le vélo fait une légère embardée, Lucas qui était en train de remettre sa chaussette à gauche n'avait pas la main sur le frein avant, il la remonte précipitamment vers le guidon, le vélo glisse encore, Lucas n'a pas le temps d'agripper le frein avant, il est au stop, il passe le stop, une camionnette déboule par la gauche à toute allure, Lucas voudrait tourner à droite pour l'éviter, pas le temps, pas possible, choc, le corps de Lucas précipité en l'air. Retombe lourdement au sol.

Quand les pompiers arrivent, c'est fini.

Fini ?

une minute

Combien de fois successivement, peut-être trois fois, quatre fois, il déglutit, à nouveau encore, et il s'étonne de ces goûts multipliés, ces goûts superposés, d'abord cette sensation métallique, chaude, et douce, voluptueuse, fluide, avec un peu d'amer mais aussi des zones calmes, c'est son sang, et à ce goût se mêle celui de sa propre salive, habituellement tout à fait neutre et soudain si riche, épaisseur du matin, le café bien sûr, mais aussi les tartines et la confiture de figue avec du citron et de la cardamome, et aussi le yaourt, ferments qui se déploient latéralement avec l'acidité du lactose, c'est si intense – c'est si court.

une heure

Lucas pose sa main sur le sol et il est frappé par le nombre de choses qu'il sent, comme s'il avait des centaines de capteurs soudain sur la paume, sur la pulpe de la peau, comme si ces grains gris épais du bitume avaient tant de choses à partager, à lui exprimer, et il les reçoit toutes, comme c'est étrange de percevoir tant de choses juste par ce contact, ces contacts, il se lève et marche le long du mur, il laisse glisser sa main sur la surface du mur, surface granuleuse, revêche, peu aimable, presque désagréable, enduit d'un monde moderne sombre et inquiet, et d'un coup ça change, nouveau mur, nouvel enduit, plus doux, plus riche aussi, un enduit qui raconte un autre temps, un temps glorieux où l'on croyait à la force pure des matériaux, à la possibilité de la beauté d'un mur même aveugle, Lucas éprouve ce toucher large et limpide avec une sorte d'étonnement calme, sans rien faire d'autre, sans regarder autour de lui, il ralentit et laisse sa main à plat, la déplace très lentement de haut en bas pour ressentir du mieux possible, il profite encore, encore tant qu'il le peut, de cette douceur qui a tellement de choses à lui dire, il n'avance même plus, là non plus ça ne va pas durer très longtemps. Un peu plus longtemps mais pas tant que ça.

Qu'importe – il est temps de les retrouver.

une semaine

Tout est plus détaillé, plus lumineux, plus coloré, Lucas ne reconnaît pas tout de suite et pourtant si, c'est bien ici, chez lui, c'est le salon, c'est le piano de Roxane, sauf qu'il ne se ressemble pas complètement, c'est comme s'il avait plus de lignes, plus de détails, plus de couleurs aussi, ce piano qui était marron, qui semblait d'un marron banal, sans le moindre relief, un piano d'étude au son clair et au toucher précis, mais dont la couleur n'a pas d'importance, piano pas laqué, marron tout-venant, là non, là ce n'est pas ça, ce n'est plus ça, le marron est irisé, le marron est riche, comme nourri de mille teintes, de variations, comme si ce n'était pas marron mais une forme de multiplication du marron, les couleurs sont infinies et sublimes, pas seulement le piano mais toute la pièce, c'est étrange comme c'est beau, c'est éblouissant, c'est le mot qui convient le mieux peut-être, c'est éblouissant, c'est magnifique, Lucas avance stupéfait dans cet endroit qu'il connaît si bien pourtant et qui est si différent.

Leur table aussi, cette table ovale en bois qu'ils avaient achetée à Emmaüs, qu'il avait poncée et vernie, un vernis incolore pour garder la couleur du bois et les veines – là, les veines sont incroyablement plus nombreuses, des millions de traits fins qui se croisent, se chevauchent, se mêlent et se démêlent, dessinent des parcours, des chemins, et la couleur bois n'est plus une couleur, une teinte, mais des juxtapositions de teintes, des enchevêtrements de nuances, et puis, aussi, il y a l'odeur de cette table, Lucas perçoit l'odeur du bois, fortement, il aime cette odeur dont il se souvient que ça arrivait qu'il la sente quand son visage était pour ainsi dire collé au plateau, par exemple parce qu'il se penchait pour ramasser un objet par terre, mais là il est très loin du plateau, loin de la table, et d'ailleurs ce n'est pas seulement le bois qu'il sent mais aussi les miettes de pain, l'odeur du bon pain un peu sec mais joyeux, les miettes tombées dans la rainure qui sert à ouvrir pour les rallonges, ces quelques miettes sentent le bon pain, et il y a la tache de café, la fois où Roxane avait versé du café à côté de sa tasse sans s'en rendre compte, la tache est restée mais évidemment pas l'odeur, sauf que maintenant : Lucas sent le café, le pain, le bois. Tout est là.

Et puis.

Avant même qu'elle entre dans la pièce, Lucas sent l'odeur de Roxane ; les odeurs – c'est bouleversant, il y a l'odeur des cheveux, cette odeur un peu musquée, un peu animale, et puis son odeur corporelle à elle, poivrée, douce, intense, et le déodorant qu'elle met par-dessus, à la fleur d'oranger, et puis son souffle, la légère odeur menthe et prêle de son haleine, et même ses habits, les fibres de tissu sentent le coton et la lessive bien sûr, cette lessive qu'ils font eux-mêmes avec des copeaux de savon de Marseille et Lucas sent cette odeur un peu âcre du savon à plusieurs mètres de distance, qui se rapproche, Roxane s'avance lentement dans le salon, elle va s'installer sur le canapé. Se met en boule, boule de tristesse, boule d'effondrement. Hoquets de sanglots, presque silencieux.

Lucas la regarde.

Et il sent le sel, l'eau salée, il perçoit jusqu'à l'odeur des larmes de Roxane.

Il s'approche d'elle.

Il fait le geste qu'elle avait fait elle, juste avant l'accident, leur dernier baiser, quand elle avait fourré son nez à elle dans son cou à lui, là il fait la même chose, il avance son nez à lui dans son cou à elle.

Et il chavire. Il sent toutes ses odeurs, jusqu'à l'odeur de son sexe, jusqu'au très léger halo de transpiration autour de ses pieds, c'est si bon de sentir si profondément toutes ses odeurs, tout elle. Jamais il n'avait senti d'odeurs si précisément. Senti si précises les odeurs.

Elles lui permettent de reconstruire mentalement l'ensemble de l'arche des sens de ce qu'il recevait de Roxane : le goût de ses lèvres, le toucher infiniment doux de sa peau.

Dans un film hollywoodien, un film grand public qu'il avait vu à sa sortie et qu'ils avaient revu bien plus tard avec les enfants, le personnage principal ne sait pas qu'il est mort, il évolue dans le monde sans se rendre compte que plus personne n'interagit avec lui hormis un enfant qui parle aux fantômes, belle idée scénaristique bien sûr, avec le twist final qui surprend évidemment le spectateur quand il voit le film pour la première fois – là, c'est tout autre chose, Lucas ni ne sait pas ni n'a besoin d'apprendre, il comprend très bien sans que cela lui ait été expliqué, il sait intuitivement et il accepte parfaitement, à chaque moment, chaque changement ; il sait qu'il est là sans être là, et que ça ne durera pas toujours, que petit à petit il va continuer à perdre ces liens qui l'unissent au monde ; à ceux qui l'aiment, ceux qu'il aime.

Il sait que tout lui semblera naturel, toujours. Rien, jamais, ne le surprendra. Ni le passage d'une phase à une autre, ni aucune de leurs réactions à eux, ni aucune de ses absences de réaction à lui. Il n'y a qu'à avancer.

Lui aussi a entamé son deuil.

Sans larmes – à quoi bon pleurer ?

Sans tristesse. Cela ne fait plus partie de lui : ni la tristesse, ni la peur, ni la peine, ni l'effroi.

Faire le deuil, pour lui, c'est juste se préparer à perdre leur présence – par vagues.

Dans la tradition juive, durant la première semaine qui suit l'enterrement, l'endeuillé doit rester pieds nus au niveau du sol, ou alors sur des chaises inconfortablement basses, ne doit ni faire à manger ni se laver – si des gens viennent lui rendre visite pour lui présenter des condoléances, il a le droit de ne pas leur parler, de ne pas lever la tête. Ne pas se redresser.

Roxane n'est pas juive, pas plus que Lucas, n'a pas la moindre ascendance juive – et pourtant elle se laisse spontanément glisser au sol, réflexe primaire, comme si elle s'effondrait réellement, comme si le sol l'attirait, comme si la gravitation était énorme, comme si son poids à elle était démesuré, comme si à son âme à elle s'ajoutait le poids de son âme morte à lui et que cela l'empêchait de se tenir droite.

Elle est au sol, elle sanglote.

Lucas s'éloigne. Il ne peut pas la consoler. Il ne peut rien. Simplement rester près d'eux ; du côté où il se trouve.

Et puis.

Devant chez eux, côté boulevard Annette, à plusieurs centaines de mètres de la maison, Lucas entend la voix de Sofia qui arrive, il s'avance sur le seuil, sous la petite pergola qu'ils ont construite tous ensemble, tous les quatre, il y a deux ou trois étés, et il sent l'odeur des baskets de Sofia, le plastique et l'odeur des pieds bien sûr, mais un père n'est jamais vraiment complètement dégoûté par les odeurs adolescentes de ses enfants, Sofia a un IceTea à la main et Lucas sent l'arôme artificiel de pêche un peu écœurant sucré et velouté, il y a deux copines de la première 4 qui l'ont raccompagnée, c'est gentil, ne pas la laisser rentrer seule, Sofia n'est même pas vraiment allée en cours, c'est ce que comprend Lucas des échanges entre les jeunes filles, elle n'était allée au lycée que pour avoir la sensation de faire quelque chose, à quinze heures alors que les cours finissaient à dix-sept heures, elle y était allée pour que quelqu'un lui tienne compagnie, quelqu'un qui ne serait ni sa mère ni son petit frère, quelqu'un qui ne serait pas broyé par la même tristesse qu'elle, ses deux meilleures amies ont marché avec elle depuis le lycée, pas pris le bus, Sofia les remercie pour, pour tout cela, Lucas sent leurs transpirations à toutes les trois, et les trois déodorants, qui se mêlent mais jamais complètement, les odeurs restent distinctes, autonomes, une des copines tire sur sa cigarette électronique parfum framboise, soudain la framboise chimique semble écraser le reste mais non, tout coexiste, Sofia fond en larmes, ses deux amies se serrent autour d'elle, elles forment un ensemble compact de tendresse et de tristesse, Lucas en attendant que sa fille ait fini observe le jardin, les deux arbres, le charme qui était là avant eux et le citronnier qu'ils ont planté, sur le charme les feuilles sont d'une lumière tellement intense, et les nervures ne sont pas seulement quelques-unes, elles sont des dizaines plus fines, des centaines encore plus fines, et les citrons pas encore mûrs mais déjà massifs ont une texture d'une incroyable richesse, Lucas découvre des fractales de reliefs, des milliers de creux et de bosses, et des teintes qu'il n'aurait jamais soupçonnées sur un citron, sur ces citrons qu'il croisait pourtant tous les jours. Ces citrons qu'il a vus avec son regard d'*avant,* il y a quelques jours encore. Il y a quelques jours : ces citrons avaient une apparence de citrons normaux ; maintenant ce sont des citrons tellement plus présents au monde.

Comme tout ce qui l'entoure.

Sofia embrasse ses amies, leur dit qu'elle ne sait pas si demain elle viendra, elle verra, oui, tu verras, on s'embrasse encore, on se dit des mots de courage, Lucas connaissait à peine ces deux filles mais soudain elles lui apparaissent comme des fées, des fées du quotidien, il est bon que Sofia puisse compter sur elles, car cela ne fait que commencer, ce n'est que le tout début, de sa tristesse, de son deuil, la jeune fille remonte la courte allée pavée au milieu du jardin et Lucas vient se glisser derrière elle et pose son nez dans ses cheveux, c'est un geste qu'il faisait toujours, ç'avait été son moyen de passer des baisers pour enfants petits à sa façon d'embrasser ses enfants devenus grands, dans les cheveux, parce qu'une bise c'est bizarre avec ta fille, ton fils, et se serrer fort dans les bras comme Roxane fait avec les enfants il a toujours trouvé ça un peu gênant, un peu intrusif, alors il a choisi ce baiser dans les cheveux, geste de tendresse paternelle et ses enfants ne s'en sont jamais plaints (or de tant de choses ils savent se plaindre que cela signifiait sans doute que c'était acceptable à leurs yeux), Lucas renifle les cheveux de sa fille, sa fille de seize ans, cheveux sales qui sentent fort et sont trop gras, mais Lucas respire à pleins poumons l'odeur un peu repoussante du haut de la tête de sa fille, il fait près de vingt centimètres de plus qu'elle, il regarde ses cheveux et découvre qu'ils ont des milliers de couleurs, Sofia est pourtant châtain sans rien de particulier mais là il y a tant de teintes, tant de brillances, tant de textures colorées, et Lucas se nourrit de ces odeurs, de ces couleurs, il s'en repaît, il les absorbe au plus fort qu'il le peut, il aimerait voir Lorenzo maintenant et justement, Sofia qui vient d'entrer dans le salon, qui est allée se coller à sa mère, elles sont installées toutes les deux sur le canapé, affalées plutôt, effondrées en fait, Sofia demande à sa mère si Lorenzo est dans sa chambre – il est dans sa chambre et il tape.

Il tape sur son punching-ball et c'est ce que perçoit Lucas en tout premier, les éclats de lumière réfléchis ou bloqués par le mouvement du sac quand le collégien tape dessus, Lorenzo tape fort, il crie *han* à chaque fois, comme son moniteur lui avait appris, pour donner plus de direction au coup, pour lui donner une force précise et pas vaseuse, le moniteur utilise énormément le mot « vaseux », de façon presque obsessionnelle, et Lorenzo au début quand il revenait du cours de boxe disait tout le temps « vaseux », ce plat est vaseux, tel pote est vaseux, c'est vaseux ce que vous me demandez là – après ça lui est un peu passé mais pas complètement. Papa est mort je me sens vaseux – non, ce n'est pas exactement ce sens-là. Les *han* résonnent dans la chambre, semblent y faire un voyage circulaire, se cognent sur le mur et la fenêtre fermée et reviennent vers Lorenzo avant de se dissoudre mollement sous les vagues de tous ceux qui suivent.

Lorenzo est en nage, Lucas bien sûr est un peu freiné par la forte odeur de transpiration mais il s'y habitue très vite, il voit sur le visage de son fils des millions de gouttelettes de sueur plus petites que des larmes qui tressautent chaque fois que le garçon frappe son punching-ball et qu'il crie *han* comme si au fond de lui il en voulait au monde entier et au destin et au vélo de son père et à son père et à sa mère et à sa sœur et à lui-même, tous ceux qui auraient pu empêcher l'accident, qui auraient dû, Lucas s'approche de son fils et comme avec Sofia tout à l'heure, il renifle ses cheveux frais et aigus, les cheveux en brosse de Lorenzo mais aujourd'hui la brosse ne tient pas très bien, d'habitude le garçon met du gel, sans doute que ce matin il n'a pas eu le courage, c'est toujours une séance un peu fastidieuse de préparation, à quoi bon quand tu vas rester à la maison, Lorenzo tape encore plus fort dans le sac, la porte s'ouvre et Roxane est là, les yeux rouges mais secs, ça va mon chéri ?

Question con.

Lorenzo qui a treize ans n'a pas peur de dire la vérité à sa mère : elle est con ta question, comment ça pourrait aller, ah bon toi ça va en fait ? Papa est mort et toi ça va ?

Roxane s'approche doucement de son fils et serre contre elle cet adolescent poisseux, Lucas comprend que Roxane veut s'excuser le plus possible, et le plus vite possible, de cette formule maladroite, elle est la mère de famille et elle n'a pas beaucoup d'espace pour se planter, en général déjà mais a fortiori dans ces circonstances, elle caresse doucement les cheveux de son fils, et répète en boucle je suis désolée, je sais bien que ça ne va pas, je suis désolée mon chéri, et là Lucas sent l'odeur des larmes de son fils, une odeur plus pointue, plus acide, plus jeune en d'autres termes, une odeur pas du tout adulte, non seulement les larmes ont une odeur mais en plus leur odeur change selon la personne, selon son âge. Ça alors.

Et puis.

Ils vont dîner tous les trois. Dîner tous les trois, Roxane répète cette phrase à sa fille de seize ans en lui disant que jamais elle n'aurait pensé qu'elle aurait à dire cela un jour, je ne te dis pas que je n'ai jamais imaginé qu'on pourrait se séparer avec ton père mais dans ce cas-là c'est vrai que je ne pensais pas à cette idée qu'on se retrouverait à trois avec vous deux, c'étaient d'autres questions, d'autres enjeux, en tout cas jamais je n'avais envisagé qu'il pourrait mourir, elle dit le mot clairement, avec franchise, avec dureté presque, et Sofia répond que elle, si, que souvent elle pensait que ses parents allaient mourir, l'un, ou l'autre, ou les deux, et puis elle ajoute – elles parlent doucement, peut être pour que Lorenzo ne les entende pas mais Lorenzo est allé prendre sa douche il ne pourrait de toute façon pas les entendre – ça n'a tellement rien à voir avec ce que j'avais imaginé. Tellement rien à voir.

Elles se prennent dans les bras, et Lucas est là à côté d'elles, et à nouveau il sent l'odeur salée fragile luminescente des larmes de Roxane, et aussi de celles de Sofia, il regarde cette mère et sa fille, sa femme et sa fille, ces deux êtres féminins qui comptent le plus pour lui, il les regarde et il voit leurs peaux de manière si précise qu'il pourrait croire qu'il y a un microscope ou une caméra macro HD, les sillons sont tellement plus nombreux que d'habitude, ce n'est pas une question d'âge, bien sûr que la peau de Roxane, cette peau de quasi-quinquagénaire est plus marquée par le temps que celle de sa fille de seize ans, mais surtout Lucas perçoit l'infinie complexité de la matière des peaux, c'est comme énormément de couches de vie superposées les unes aux autres, toutes plus vivantes que les autres, il n'aurait jamais imaginé que la peau pouvait représenter tant de choses, une telle accumulation. Tant de vie dans si peu d'épaisseur.

Roxane remue machinalement un plat cuisiné de Picard, elle explique à sa fille que ce matin sa sœur aînée lui a amené dans deux gros sacs Picard toute une série de plats congelés en lui disant que ça serait pratique, ne pas se fatiguer à faire à manger, en réalité explique Roxane à Sofia, ce n'est pas fatiguer le terme, ce n'est pas que ça me fatiguerait c'est que ça m'épuiserait, ça m'écraserait de devoir faire l'effort de couper des aubergines, des courgettes, des oignons, tout ce qui se trouve dans cette ratatouille surgelée qu'elle n'a eu besoin que de transférer du sac en plastique à son wok – ce qui étonne Lucas c'est que cette ratatouille Picard qu'il connaît un peu, ce n'est pas qu'ils la mangeaient régulièrement mais peut-être deux ou trois fois par an, cette ratatouille tout à fait insipide, éteinte, est cette fois riche de mille couleurs, et d'odeurs démultipliées, évidemment ça ne sent pas l'aubergine fraîche, ni la courgette flamboyante, mais beaucoup de textures en surimpression, l'aubergine congelée, l'odeur de leur congélateur, l'odeur du plastique et du carton des autres plats Picard à côté desquels était rangé ce sachet, l'odeur même de la voiture de la grande sœur de Roxane, et le sel ajouté par Picard dans la recette qui sent l'iode et l'Atlantique, et l'exhausteur de goût avec son arôme légèrement poivré et de cuir frais, et puis aussi l'odeur un peu caramel des larmes de Sofia, Lucas se retourne vers la table ovale, sa fille est assise l'air absente et de ses yeux coulent lentement les grosses larmes dont l'odeur est venue se mêler à celle de la ratatouille surgelée. Tout s'ajoute mais un chemin se fait, chemin de peine pour ceux qui sont restés.

Et puis.

Ce matin ni Lorenzo ni Sofia ne vont ni au collège ni au lycée, Roxane avait proposé qu'ils plantent tous les trois un arbre en l'honneur de Lucas, un arbre pour Lucas, un arbre du souvenir, le matin dans la voiture en route vers le Jardiland Sofia qui accompagne sa mère pendant que Lorenzo reste à la maison devant sa console, Sofia demande si ce n'est pas risqué quand même comme projet, si l'arbre meurt est-ce qu'on ne va pas se sentir coupables, est-ce qu'on ne sera pas trop malheureux d'avoir laissé mourir l'arbre, et Roxane répond, un peu sèchement comme elle le fait souvent depuis quelques jours, sans s'en rendre compte évidemment, surtout avec ses enfants, les dernières personnes avec lesquelles elle a envie d'être sèche, d'être dure, mais ça lui vient naturellement, sans le percevoir, elle répond qu'ils ne pourront jamais être plus malheureux qu'avec sa mort, que l'arbre du souvenir ce n'est pas un arbre pour ramener à la vie, ce n'est pas un arbre dont la vie pourrait servir à un apaisement, c'est un arbre pour se souvenir, c'est un arbre dont l'âge sera là pour marquer le temps de leur tristesse – rien d'autre. S'il meurt, l'arbre, ou si on déménage, il y aura toujours tant d'autres façons de continuer à compter le temps de notre tristesse. On n'oubliera jamais le compte de nos tristesses.

À nouveau Lucas sent l'odeur de leurs larmes ; elles ne font qu'affleurer à la surface de leurs yeux mais c'est assez pour lui – la mère et la fille prennent l'habitude, de plus en plus souvent, de pleurer un peu n'importe quand, n'importe où, sans fracas.

Elles entrent dans le Jardiland.

Elles passent devant le rayon des fleurs, explosion de millions de senteurs, de milliers de couleurs, Lucas voit un pot de marguerites, de simples marguerites, il regarde avec ahurissement les détails de ces marguerites, les minuscules poils le long des tiges qui s'enchevêtrent et font tant de formes, les pistils hérissés de millions de points précis et majestueux, le sépale et ses nervures infinies et toute la richesse au bout de l'étamine – ce n'est plus seulement une marguerite, c'est un monde entier. C'est un voyage. Et Lucas voyage très loin.

Au rayon des arbres, des arbustes, elles choisissent un olivier, un olivier ni très petit ni très grand, il doit déjà avoir cinq ou six ans leur dit le vendeur, cinq ou six ?, disons cinq, il faudra soustraire, il faudra calculer que l'âge de notre tristesse est toujours moins cinq par rapport à celui de l'olivier, ou alors dit Sofia c'est le contraire, il faudra toujours ajouter cinq ans à notre tristesse pour savoir l'âge de l'olivier, oui ce sera sans doute plutôt comme ça, Roxane paie l'arbre, elles le déposent dans le coffre, et à nouveau Lucas stupéfait par tout ce qu'un olivier peut avoir comme teintes, comme structures, comme odeurs.

Avec Lorenzo aussi, maintenant, dans le jardin. Lucas est un peu en retrait, devant la porte d'entrée, sous la pergola ; sa femme et ses deux enfants sont au milieu du jardin, au beau milieu, dans cette zone où Lucas ne voulait jamais qu'on plante quelque chose, trop visible, trop central, coupant le jardin en deux, en quatre petites zones au lieu d'une seule grande, mais c'est ce que veut Roxane, justement, couper leur jardin, le démanteler, le dépecer, qu'il ne reste rien de la tranquillité, de la sérénité, d'avant – c'est ce qu'elle a expliqué à Sofia dans la voiture au retour : il faudrait qu'elle arrive à mieux tempérer ses propos, elle ne peut pas tout partager avec sa fille de seize ans, des phrases comme ça c'est à la rigueur pour sa grande sœur, ou plutôt pour sa psy, elle ne voyait plus de psy depuis des années mais Lucas espère qu'elle va reprendre. Pour elle ; pour les enfants.

C'est Lorenzo qui fait le trou. Lorenzo qui a besoin de s'énerver contre le monde, de frapper violemment, froidement, méchamment le sol avec la pioche de son père – la terre remuée sent tellement fort que Lucas, à six mètres de là, est transporté dans ce monde d'humus, cet univers de vie souterraine et tous les signaux qu'envoient les cailloux, les herbes arrachées, les vers de terre, les minuscules morceaux de bois ou de feuilles qui se décomposent petit à petit.

Ils plantent l'olivier.

Ils arrosent.

Et les odeurs bien sûr, de l'arbre qui reprend vie, qui prend racine, qui marque sa présence dans le sol par des échanges souterrains et par des signaux envoyés par toutes ses feuilles, et que Lucas reçoit dans leur entièreté.

Roxane, Sofia et Lorenzo se taisent. Debout devant l'olivier – l'arbre du souvenir de leur père, leur mari.

Ils sont serrés les uns contre les autres, boule d'amour malheureuse – à ce moment-là un gros nuage se place devant le soleil, et Roxane dit, mécaniquement, sans même réfléchir, comme s'il fallait dire à voix haute cette phrase pourtant pas très utile, cette phrase qui n'apporte pas grand-chose, qui n'aide pas, surtout : nous voilà dans l'ombre.

Surprise de Lucas : il ne voit que de la lumière, bien sûr que le nuage masque les rayons du soleil mais tout est si lumineux, et les trois personnes qui sont là rayonnent pour lui, la douce intelligence de Roxane, la puissante profondeur de Sofia, la révoltée grandeur de Lorenzo, tout est si lumineux, tout l'illumine entièrement – Lucas se dit vous êtes dans l'ombre et je vous vois dans cette lumière.

C'est tellement différent, ce qu'ils ressentent.

Ce sera toujours tellement différent maintenant. Eux seront toujours tristes, et lui jamais. C'est comme ça ; il ne peut pas se plaindre. Ne peut pas crier, hurler, pleurer, sombrer. Il peut simplement savoir que cela leur arrive. Il n'a même pas besoin de l'accepter : il l'accepte.

Et puis.

Sofia est au téléphone avec sa cousine, sa grande cousine, la fille de la sœur aînée de Roxane, qui ne vit plus à Marseille, qui était venue à l'enterrement mais qui est repartie à Paris où elle fait ses études, études de droit, et Sofia dit à sa cousine je ne sais pas quoi te dire tu sais, j'ai l'impression de n'avoir rien à dire, de ne pas avoir de vie vraiment, de ne pas exister, les heures passent, les jours passent, mais je ne vis pas, j'attends que quelque chose évolue mais rien n'évolue, j'ai toujours ce poids sur le cœur, cette nausée psychique, j'ai un épuisement aussi, j'ai toujours envie de dormir, j'ai tellement de mal à me lever et ensuite toute la journée je suis crevée, je suis éteinte, elle pleure doucement et l'odeur de ses larmes que Lucas connaît si bien maintenant se mélange avec celle du thé qu'elle s'est fait avant de téléphoner, de remonter dans sa chambre, un thé de Noël avec des écorces d'orange et de bergamote, c'est très étrange de prendre un thé de Noël alors qu'on est au printemps, mais sans doute que ces douceurs saveurs qui réchauffent, Sofia les a choisies pour tenter de réchauffer son cœur, ça ne marche pas vraiment, la cousine de Sofia lui dit des mots doux pourtant, des mots de réconfort, des mots que Lucas n'entend pas distinctement mais dont les harmoniques franches et calmes évoquent si clairement la douceur, la ferme gentillesse, Sofia hoquette des « oui » pas convaincus, des « oui » comme des dernières bouées qu'elle accepte d'attraper, ou plutôt de partager, cercle symbolique qui l'unit à sa cousine, à cette grande jeune femme qu'elle a toujours aimée comme une sorte de grande sœur rêvée, c'est plus facile quand on est l'aînée d'avoir une aînée, tout cela Lucas le sait, souvent ils en parlaient tous les deux avec Roxane, de ce lien entre Sofia et sa grande cousine, Lucas aimerait pouvoir remercier la cousine, lui dire qu'il perçoit, qu'il sait que malgré tout, malgré toute la détresse évidente de sa fille, malgré toute cette tristesse qui se déverse là, pendant ce coup de fil, la grande cousine est *utile,* ce qu'elle dit est utile, ce qu'elle fait est utile, ce qu'elle est est utile – Lucas aimerait tellement qu'elle, la cousine, au moins elle, en ait conscience : les vivants qui peuvent aider d'autres vivants trop tristes ne doivent jamais baisser les bras.

Et puis.

C'est l'odeur du café. Les odeurs du café. D'abord le marc d'hier, humide encore, compact, tassé, saveurs un peu repoussantes, envahissantes, presque nauséeuses, mais qui portent en elles le souvenir de l'autre, l'autre café, le moulu, celui de la boîte en métal déglinguée avec le couvercle toujours un peu difficile à retirer, c'était le petit rituel de Lucas, faire ce qu'il appelait le café de onze heures, pour se monter un café au bureau, en proposer toujours une tasse à Roxane qui toujours disait non, et aussi à ses élèves qui parfois disaient oui, ce geste simple, dévisser la cafetière italienne, jeter le vieux marc, rincer, remplir d'eau fraîche, et enfin ouvrir la boîte en métal avec le café moulu, le café nouveau, voilà que maintenant Roxane fait ce geste, a repris ce rituel, tous les matins à onze heures mécaniquement elle se fait un café, Lucas qui était dans le jardin a senti l'odeur, attiré par l'odeur, il s'approche et regarde les mains de Roxane qui prennent la petite cuillère en plastique rouge, il se souvient de la matière très lisse, très légère, de cette cuillère ancienne, Roxane dépose les grains ultrafins, aériens, et Lucas observe les détails de chaque grain, perçoit à l'odeur le mélange des différents cafés, « mélange bio » était une expression qui ne voulait pas dire grand-chose et soudain il comprend et isole chacun de ces cafés mélangés, il repère les différentes saveurs qui se superposent, et l'eau bien sûr, l'odeur chlorée de l'eau, et le métal de la cafetière, et le gaz quand Roxane l'allume, la profondeur de l'odeur du gaz, les couches qui là aussi se superposent, le réservoir à Fos, le pipeline, et la grande poche quelque part là-bas, près de Bakou sans doute, tous ces mondes que

Lucas ne faisait qu'effleurer et qui sont si présents maintenant – pas pour Roxane : Lucas doit faire un effort pour se représenter ce que Roxane sent, pas grand-chose, bien sûr le café usé âcre qu'elle a déposé dans leur pot à compost, et aussi le gaz au moment de l'allumage, mais odeurs uniformes, plates, simples, alors que c'est tellement riche. Même l'eau du réservoir qui se transforme peu à peu en vapeur, il arrive à en percevoir le changement par l'odeur.

Crachotements, bruits d'une complexité multiple par ce que chaque minuscule atome de café liquide projette dans le réservoir du haut qui se remplit et modifie à mesure le son global du café qui va bouillir si Roxane ne coupe pas le gaz à temps ; elle coupe le gaz. Attrape la tasse fétiche de Lucas, celle qu'il emmenait tous les matins dans son bureau, mug banal mais qui évidemment, par sa présence permanente, par sa régularité affirmée, était devenue pour lui une fidèle amie, un point de repère rassurant, Roxane enserre la tasse de ses deux mains, et à nouveau l'odeur de ses larmes – légère parce que légères, en retrait par rapport au café qui occupe tant d'espace, mais elles sont là.

Et puis.

Lorenzo va au collège et son père a décidé de l'accompagner – Lorenzo détestait quand parfois Lucas prenait le bus avec lui parce qu'il avait besoin d'aller faire des courses et qu'il avait la flemme de prendre son vélo, Papa tu pourrais prendre le bus d'après, c'est la honte il y a plein de gens que je connais, aujourd'hui ce serait tout l'inverse, Lorenzo serait sûrement content que son père puisse l'accompagner, au moins une fois, l'arrêt de bus est sur le chemin de Morgiou, un tout petit peu plus loin que le carrefour de l'accident, Lucas prend conscience que chaque matin son fils, et sa fille aussi bien sûr, doivent passer à cet endroit, sur ce carrefour, que tous les jours ils doivent se confronter à ce lieu, ce lieu de dévastation de leur vie, ce lieu qui semble à nouveau normal, tranquille, mais qui pour eux est le récepteur localisé de l'accident de leur père, de la façon dont sa vie lui a été si brutalement arrachée, Lorenzo marche en regardant le sol, le visage dur, les dents serrées, le bus est en train d'arriver, tout bien coordonné pour ces ados équipés numériquement qui suivent en direct sur leur smartphone le temps d'attente pour leur arrêt, Lorenzo monte dans le bus qui est déjà bien rempli et Lucas est asphyxié, comme assommé, par toutes ces odeurs, tous ces humains dans cet espace clos, quasi clos car quand même les lucarnes du haut sont ouvertes, il y a trop de présence, trop de traits de visages aussi, et trop de brouhaha, chaque personne est si riche dans ses expressions, ce qu'elle émet et que Lucas reçoit, reçoit comme aucun d'entre eux ne reçoit, Lucas trouve que c'est beaucoup trop pour lui, il se tourne vers son fils, il le sent une fois encore, ce matin Lorenzo a mis du gel dans les cheveux et ce côté presque plastique, abricot plastique, étouffe un peu le reste, mais Lucas sent quand même, au-delà, l'odeur de la peau de son fils, cette peau toujours en construction, couleur vive et carnation débridée, la vie en devenir, Lucas en profite encore quelques secondes il n'ira pas plus loin ce matin.

Et puis.

Lucas voudrait sentir une fois encore sa femme comme il l'a aimée, aimée au sens de faire l'amour, son corps dans sa dimension érotique, il veut une dernière fois l'éprouver, le humer, en goûter la substance pour ensuite pouvoir y revenir, Roxane sort de la douche, accroche mécaniquement sa serviette au-dessus des seins, Lucas qui se sentait un peu voyeur avait décidé de se détourner (c'est sa femme pourtant, il n'y a pas si longtemps il la voyait sortir de la douche sans gêne), maintenant il la regarde, il regarde Roxane qui se brosse les dents, peut-on voir dans les gestes d'une femme quadragénaire se brossant les dents et qui vient de perdre son mari les marques de cette perte, de sa tristesse ? Impossible à dire : Lucas sait que sa femme est atteinte, assommée, pulvérisée, alors bien sûr qu'il voit dans la façon dont elle fait bouger latéralement et de haut en bas sa brosse à dents toute sa peine, mouvements hasardeux, fragiles, hachés, abattus, et quand elle recrache dans le lavabo, toute sa colère, sa haine contre le destin – elle se dirige vers leur chambre, elle enfile une chemise pour la nuit, lorsqu'ils dormaient ensemble ils étaient toujours nus l'un contre l'autre, mais depuis que Lucas n'est plus là elle a pris l'habitude de mettre quelque chose, pas quelque chose pris au hasard, tous les soirs c'est une chemise de Lucas, et Lucas observe cette chemise qui était une de ses chemises fétiches, blanche avec d'épaisses rayures oranges, il aimait ce style un peu seventies, un peu barman de la Costa Brava, tout le contraire de ce qu'il est lui, et de cette chemise qu'il croyait connaître si bien il découvre la densité de la matière des rayures, les trames de fil qui se superposent des dizaines de fois de manière microscopique pour donner une couleur unie et un léger relief, et le blanc aussi, la texture de chaque fibre de coton, sa matière, riche, complexe, Roxane se couche, avale un somnifère, jamais de sa vie Lucas ne l'a vue prendre de somnifère, mais c'est ce que lui a prescrit le médecin en même temps que son arrêt de travail, cet arrêt de travail qu'elle a demandé pour que la Sécu indemnise ses journées sans élèves, tous les cours annulés, pas le courage de reprendre tout de suite, plus tard bien sûr mais là c'est trop tôt, c'est ce qu'elle avait expliqué à sa sœur, et sa sœur bien sûr avait acquiescé, ce qui compte c'est que tu fasses les choses à ton rythme, que tu acceptes d'être convalescente, après une maladie on ne reprend pas la vie tout de suite comme avant, Roxane ferme les yeux, éteint la lumière, et Lucas alors commence à la humer tout entière, à profiter de l'ensemble des odeurs de son corps, ces odeurs qu'il connaît si bien mais qu'il perd si vite, la mémoire des odeurs est la plus fragile, la plus mobile, la plus modifiable, Lucas débute avec les cheveux qui sentent le shampoing, leur shampoing naturel, à l'aloe vera, et Lucas qui n'avait jamais fait attention à l'odeur de ce shampoing, assez banal, le moins cher dans leur magasin bio, soudain sent avec précision l'odeur de l'aloe vera, cette gluance verte et douce qui se mêle harmonieusement aux cheveux de Roxane, douceur ferme et un peu agreste, il descend vers le cou, remonte au visage, il y a cette crème qu'elle met le soir, à la rose, mais une odeur de rose qui s'affine lorsqu'elle est déposée sur la peau de Roxane, les deux dialoguent ensemble, se répondent, comme un ping-pong de microsenteurs précises et douces, et puis Lucas n'y tient plus, il veut sentir frontalement l'odeur du sexe de sa femme, retrouver cette odeur un peu lourde d'une telle puissance, charnelle et presque dure, odeur frontière, celle que tu franchis vers le plaisir, le sien et le tien à déposer ta langue au point précis de la source de son désir, Lucas se souvient de tant de fois, de tant de bon, il est dans le coin d'entrée de leur chambre, à côté de la porte, à trois mètres au moins de Roxane, Roxane qui s'endort, et Lucas qui profite, profite autant qu'il le peut de ces odeurs, son sexe, sa peau, ses cheveux, les trois mêlées, les trois ensemble – et s'ajoutent soudain les larmes invisibles qui filtrent tout doucement sous les paupières qu'elle ne rouvrira pas avant demain.

Dernière fois.

un mois

On s'habitue. Pas à l'absence, eux trois ne s'y habituent pas, ne s'y habitueront jamais vraiment ; mais, lui, à percevoir le monde avec plus de couleurs, plus de détails, plus d'intensité, à l'entendre avec plus de complexité, plus de profondeur – maintenant Lucas ne remarque plus vraiment que c'est ainsi : c'est ainsi, et il a du mal à se souvenir du monde d'avant, le monde moins riche, moins démultiplié. Le monde *normal.* Le monde vivant. Leur monde à eux.

Mais, dorénavant, Lucas ne peut plus rien sentir.

Plus rien de Roxane, plus rien de Sofia, plus rien de Lorenzo.

Il ne les sentira plus jamais. Il a franchi cette étape. Perdu cela aussi. Le goût, si vite, le toucher, aussi, avant même de les avoir retrouvés ; maintenant les odeurs. Eux ont tout perdu de lui, n'ont plus rien à partager. Lui, il lui reste beaucoup encore, les voir et les entendre, c'est énorme mais le voilà un peu plus loin d'eux – ils ont perdu une part de leur matérialité, de leur corporalité.

Il a fait un pas encore qui l'éloigne.

Alors il écoute. Il écoute Roxane au piano qui joue la onzième variation Goldberg, variation minuscule, c'est une des plus courtes, des plus obsessionnelles aussi, ça tape, ça frappe, ça se répète, ça ne semble ni monter ni descendre, comme une sorte de plat qui vibre à fond pourtant, ça avance mais comme des ondes quasiment identiques, comme des segments qui sont toujours les mêmes et toujours un peu différents, sans qu'ils aient ni début ni fin, ils se succèdent en se superposant, Roxane joue la variation en boucle, les deux pages posées devant elle, quand elle arrive à la fin elle reprend tout de suite au début, ce qui rajoute au côté répétitif, cercle infini de quelques notes répétées compulsivement, Roxane accélère un peu à chaque fois, arrive un moment où ce ne sont presque plus des notes distinctes mais une sorte de grondement, de vague qui avance et qui happe tout, dans laquelle Lucas n'arrive plus à entendre ce qui est main droite ou main gauche, même en regardant, c'est un enchevêtrement de structures multiples, c'est tant de mondes en à peine plus d'une minute, répétée plus de cinquante fois, ça structure les pensées de Lucas et il se dit que ça doit faire pareil à Roxane, l'aider à organiser le chaos du monde qui est le sien maintenant – si Bach a réussi à faire si clair, si net, si elle arrive à le jouer si précis, si vite, alors, quand même, c'est que quelque chose tient. Quelque chose.

Et puis.

Lorenzo parle à sa mère, il parle tout doucement, pas du tout comme il parle d'habitude, comme Lucas avait l'habitude de l'entendre parler, plein de véhémence, avec cette envie de clamer qu'il existe, qu'il doit être pris en compte, qu'il en a marre d'être le petit dernier, le bébé de la famille – là c'est très calme, c'est doux même, Lucas se laisse bercer par cette voix délicate, ces timbres harmonieux qui parfois déraillent mais la plupart du temps restent enveloppés dans une grande douceur, et pourtant Lorenzo dit des mots de colère, des mots de refus, il dit à sa mère qu'il n'avait pas prévu, qu'il ne pouvait pas savoir ce qui allait arriver, il aimerait tant, là, avoir ne serait-ce qu'un tout petit moment avec Papa, un moment pour se parler une dernière fois, savoir que c'est la dernière fois et qu'on peut se parler, tu sais la veille de l'accident (ils utilisent toujours le mot « accident »), tu te souviens tu n'étais pas là au dîner, tu étais à ton cours de yoga, et Sofia n'était pas là non plus, elle avait théâtre, j'ai dîné seul avec Papa et on s'est embrouillés, il m'a fait chier pour une histoire de note de français, il voulait voir ma copie, j'avais dit non, il m'a engueulé en disant que ça restait son rôle de père de voir les copies de son fils collégien, moi je disais que c'était ma liberté de savoir si je voulais lui montrer ou pas, à la fin ça s'est un peu dégonflé quand même, disons qu'on a parlé d'autre chose, on a fini le dîner plus relax, puis tu es arrivée tu te souviens, Roxane acquiesce, bien sûr qu'elle se souvient, elle le dit à Lorenzo, elle se souvient très bien de ce dernier soir, ce soir qui semblait être un soir normal et qui était le tout dernier soir de leur vie d'avant, de leur vie heureuse, de leur vie avec eux tous vivants – les deux se taisent un moment et pleurent tout doucement.

Mais Lorenzo n'a pas fini. Le matin je lui avais filé ma copie, je lui ai amenée au moment du petit déj quand je préparais mon sac pour aller au collège, je lui ai amenée et je lui ai dit voilà j'ai décidé que j'aimerais que tu lises ma copie (Lucas se souvient très bien de ce moment, l'air renfrogné orgueilleux de son fils, sa bouche pincée pour donner le sentiment que c'était bien lui qui offrait un avantage à son père et pas le père qui l'avait emporté sur le fils), et puis je lui ai tendue, mais il était un peu grognon comme il est toujours le matin, comme il était se reprend Lorenzo en étouffant un sanglot, il préparait son café, il a grommelé je ne sais quoi, il l'a posée sur le buffet de la salle à manger et

Lorenzo fond en larmes. Sa maman le serre avec toute la tendresse qu'une mère peut offrir à son fils, c'est-à-dire avec une tendresse infinie, elle fait avec la paume de sa main droite de lents ronds sur le dos de son fils, et Lorenzo finit par reprendre, le soir, quand on est revenus à la maison tous les trois, après l'hôpital, là où on l'a vu, si blanc, si froid, si loin (Lucas note combien son fils de treize ans a gagné en maturité depuis l'accident, sa façon de parler, plus claire, plus sûre, moins gamine, moins hésitante – la plupart des phrases sont terminées, pas juste ébauchées, et le vocabulaire beaucoup plus élaboré ; comme si ce qui était arrivé l'avait fait vieillir de plusieurs années d'un coup), le soir donc en arrivant à la maison j'ai vu dans la salle à manger que la copie était à la même place, sur le buffet, ça veut dire qu'il ne l'a pas lue, tu comprends, il a dû partir en vélo juste après la fin de son petit déj, j'aimerais qu'il revienne juste pour quelques heures, qu'on se parle, qu'on efface cette engueulade du soir, et le fait qu'il m'en voulait, qu'il était fâché contre moi et qu'il n'avait pas voulu lire ma copie, qu'il soit parti en vélo sans prendre cinq minutes pour la lire, comme s'il voulait me punir pour mon attitude de la veille.

Or. Ce matin-là Lucas avait bel et bien lu la copie – mais Roxane n'en sait rien ; personne ne peut le dire à Lorenzo : Lucas, à la fin du petit déjeuner, quand les enfants étaient partis, quand Roxane s'était mise au piano comme elle aime bien faire à neuf heures, à la fin du petit déjeuner, comme un petit salut à la journée qui commence, avant tout le reste, avant d'allumer son téléphone, de s'occuper de plein de petites et grandes choses de la vie, avant évidemment aussi que le premier élève n'arrive, à ce moment-là Lucas est allé aux toilettes, très bonne chose à faire avant de partir à vélo, ça allège, et sur le chemin, devant le buffet de la salle à manger, il était tombé sur la copie de son fiston, il l'avait embarquée avec lui et les cinq minutes qu'il lui fallait pour la lire il les a passées aux toilettes, il a même un peu traîné pour aller jusqu'au bout, pour lire en entier le devoir de son fils répondant à la question « Si vous étiez un animal, comment jugeriez-vous le collégien que vous êtes » ; et maintenant Lucas aimerait dire à Lorenzo qu'il a lu ce devoir, qu'il a compris pourquoi il n'avait eu que 11/20, la façon dont il était passé à côté du sujet, la question du jugement que porte un animal sur un humain, le chat dans l'histoire de Lorenzo a un regard anthropomorphique, qui ne met jamais en balance la différence ontologique entre humains et animaux (occasion sans doute d'apprendre à Lorenzo le mot « ontologique »), or c'était le but du devoir – surtout Lucas aimerait dire à son fils qu'il l'aime, que cette engueulade c'était rien, c'était leur relation père-fils toujours un peu rugueuse mais très tendre en fait, qu'il comprenait bien que son fils voulait, veut, voudrait ne pas être vu comme un fils mais comme un individu autonome, c'est le propre de ce moment de la vie, vouloir couper le cordon tout en ayant tant besoin du cordon, être toujours un peu trop collé et un peu trop opposé, bref, c'était *normal* cette engueulade, voilà ce que voudrait dire Lucas à son fils, et ta rédac elle était pas si mal, il y avait plein de trucs d'imagination chouettes, et puis je t'aime mon fils, c'est sûr que ce serait bien si on pouvait revenir en arrière, avoir un moment ensemble, juste tous les deux, pour se parler une dernière fois, qu'on puisse échanger des mots en sachant que ce sont les derniers.

Et c'est précisément ce que dit Roxane à son fils, moi aussi j'aurais tellement voulu pouvoir échanger des mots en sachant que c'étaient les derniers, j'aurais voulu quand il est parti pour prendre son vélo, que j'étais au piano, qu'il m'a embrassée dans la nuque, j'aurais voulu me retourner, lui dire mon chéri on parle un peu, on parle une dernière fois, tout ce qu'il faut que je te dise, tout ce que j'aimerais que tu me dises, tout

Roxane s'interrompt. Là sans doute elle sent bien que non, qu'elle ne doit pas dire à son fils tout ce qu'elle aurait voulu dire à son mari, et entendre de lui ; non, c'est trop intime. Lucas ne l'entendra pas dire ce qu'elle aurait voulu lui dire – mais il imagine très bien en fait.

Et puis.

Sofia est allée acheter du pain sur la place de l'église, à Mazargues, c'est à cinq minutes à pied de chez eux, Lucas aimait bien y aller, presque tous les jours, pas forcément le matin mais à un moment dans la journée ça lui faisait une pause, se libérer de ses deux écrans, les lignes infinies de code d'un côté et le résultat pas toujours probant de l'autre, et maintenant c'est Sofia qui y va, comme si elle accompagnait son père, avec le souvenir de son père, dans la boulangerie le cliquetis à l'arrière des grilles qui s'entrechoquent pour déposer les baguettes à cuire, l'étirement de la porte coulissante automatique, le brouhaha de la rue dehors et le bourdonnement de la clim du magasin, Sofia prend une boule blanche bio tranchée, elle paie et quand elle s'apprête à sortir la cliente qui vient après elle la bouscule, Sofia laisse tomber son sachet de papier, ronchonne, et la dame, une mamie du quartier, lui dit d'un air de reproche bah ma petite demoiselle faites attention à votre pain quand même, et là Sofia explose, Sofia insulte la vieille dame, pauvre connasse, facho, c'est à cause d'elle que le pain est tombé alors qu'elle les garde ses remarques, pour qui elle se prend, et l'autre ne se laisse pas faire, on est à Marseille on a du répondant, sous le regard médusé de la boulangère et des autres clients les voilà qui se gueulent dessus, et Lucas ne reconnaît pas sa fille, la calme Sofia, l'intelligente Sofia devenue poissonnière, furie, colère – oui, c'est la colère : celle qu'elle n'exprime pas assez quand elle est avec sa mère et son frère qu'elle veut protéger, qu'elle protège comme une sœur aînée qui s'inquiète de la tristesse de sa mère et du poids sur les épaules de son frère, la colère qui enfin peut exploser contre cette dame votant certainement pour l'extrême droite, se dit Lucas, mais qui peut-être ne mérite pas. Ou alors si, mérite. Il ne sait pas ; il est du côté de sa fille, évidemment.

Et puis.

Ce samedi au déjeuner ils parlent de l'accident. Tous les trois ils en parlent, ils ont besoin de mettre des mots justes sur ce qui est absolument injuste, ils ont besoin de refaire le film, bien sûr déjà simplement pour dire tout ce qui, ce qui aurait pu, si seulement il avait vérifié son frein, s'il avait eu trop de boulot ce jour-là, le site tombé en carafe, si la camionnette était partie une minute plus tôt, plus tard, mais ils parlent aussi parce qu'ils ont besoin, tout simplement, et brutalement, d'essayer de se représenter le choc, le mouvement du corps projeté, l'écrasement au sol, Lucas les entend s'interroger, se troubler, s'effrayer, de la souffrance de leur père, de la violence du choc vécu par son mari – il voudrait leur répondre, leur dire que ce n'est pas ça, pas ce qu'ils imaginent, que justement tous ces mots qu'ils utilisent ce sont leurs mots à eux, leurs mots de vivants qui voient le monde avec les notions des vivants, des notions qui ont à voir avec la douleur et la tristesse, la lourdeur et la souffrance, mais lui non, lui tout a été modifié, tout a changé d'un coup, quand il est passé de l'autre côté de ce couloir, quand il a vu les lumières au fond de ce long tunnel si blanc, la dureté du métal du capot de la fourgonnette tout à coup il ne la ressentait plus, le vol plané au-dessus de la route n'était déjà plus rien, ou plutôt tout ça a aussitôt disparu, comme si la superposition entre le choc à l'intersection de la rue derrière la maison et la douceur qui s'offrait à lui faisait disparaître tout ce qui fait mal, le poids de son corps s'effondrant sur le gris de la route supprimé, changé en un grand calme et ces lumières si fortes auxquelles petit à petit il s'est habitué pour regarder autour de lui au soleil du matin, le soleil de 9 h 18, le soleil éclairant tant et si bien les grains infiniment complexes du bitume goudronné, les goûts dans sa bouche soudain si riches, l'abondance de matière du sol, la légèreté aussi à se relever, à évoluer dans ce monde si clair et si précis, si serein, avec tant de sensations – et Sofia qui parle des cervicales, de l'autopsie qui dit que le choc avait été tellement brutal que *sans doute* Lucas n'avait rien senti, et Lucas qui voudrait leur dire que ce n'est pas qu'il n'a rien senti, c'est que ça ne compte plus, que ça ne compte pas, que ce n'est pas important, il voudrait les sortir de cette peine-là, au moins celle-là, pas la peine générale mais la simple peine particulière de cette idée de sa souffrance au moment du choc. Et bien sûr là non plus il ne peut pas, pas plus pour le particulier que pour le général.

Lorenzo se met à parler de la nuque de son père, c'est lui qui se souvient le mieux combien elle était solide parce qu'il n'y a même pas dix ans il était encore installé dessus, bien posé tout en haut de Lucas, les deux petites jambes qui pendaient de chaque côté et ils rigolaient tous les deux quand Lorenzo faisait tap-tap sur l'épaule du côté où il voulait tourner, et Sofia aussi se souvient quand elle était sur les épaules de son père, la force qu'il avait pour me faire décoller du sol, me faire voler en l'air et me déposer pile au bon endroit, *ready to fly*, tu te souviens il le disait aussi avec toi, ce vieux jeu comme s'il était un pilote de ligne américain des années 1950, et on aimait, nous, on aimait tellement ça, avancer si haut si fiers et si sûrs d'être protégés des gros chiens relou et des orties ou des ronces, c'était notre Papa si fort, et l'autre connard il l'a cassé en mille morceaux, Roxane ne dit rien, elle reste plongée dans ses pensées, Lucas imagine qu'elle pense elle aussi à sa nuque, lui se souvient de ses mains fines qu'elle aimait croiser derrière lui quand elle le chevauchait, les voilà tristes tous les trois, il aurait voulu qu'ils s'arrêtent aux bons souvenirs, il aimerait que Roxane fasse ça avec les enfants, qu'ils parlent des bons souvenirs, des souvenirs que les trois partagent pour beaucoup mais pas tous, d'où l'intérêt de les dire pour s'assurer que rien n'est oublié, et même les repartager, ça fait du bien de se souvenir de lui vivant, d'eux quatre vivant ensemble – lui, oui, a tant de bons souvenirs.

Et puis.

Ce matin Roxane a rendez-vous avec sa psy, à 10 h 15, Lucas l'a vue hésiter dans le garage devant son vélo, et ne pas le prendre, par superstition sans doute, alors que le cabinet n'est vraiment pas loin, au milieu du boulevard Michelet, moins de dix minutes à vélo, elle a grimpé dans la voiture, et avant de démarrer elle a pris le temps de connecter son téléphone en Bluetooth et elle a mis une chanson que Lucas aimait beaucoup, une chanson qu'il écoutait souvent au travail, quand il se retrouvait bloqué dans des lignes de code, à essayer de les déminer, de les assouplir, de leur faire dire ce qu'il voulait qu'elles disent (les lignes de code sont rétives, elles t'échappent, tu crois qu'elles disent ceci et en réalité elles disent cela : tout autre chose), parfois il mettait cette chanson en boucle, deux clics sur son logiciel pour qu'elle se répète à l'infini, et Roxane se moquait doucement, mais fermement, de cette variétoche un peu facile, un peu cruche, c'est sûr que quand tu fréquentes tous les matins Jean-Sébastien Bach et Franz Schubert tu as du mal à prendre au sérieux Véronique Sanson, mais pour Lucas c'était possible, c'étaient les deux faces d'une même médaille, celle de la croyance dans le fait que la musique peut te faire pleurer, ou te donner confiance dans la vie, dans la beauté, ça marche pour *La Jeune Fille et la Mort* comme pour « Une nuit sur son épaule » ; là la chanson que met Roxane s'appelle « Toute une vie sans te voir », et elle commence comme ça,

il est parti comme il était venu
sans un mot
avec un sourire au coin de ses lèvres
et moi
je rêve encore de lui
toutes les nuits
juste ses pas sur le tapis carré

dans la nuit
c'est ce qu'il m'envoie
dans l'obscurité
sa voix
que j'entends dans mon rêve
triste et belle
change mon destin
touche à moi de loin
je t'appelle pour rien
mais ce que je crains c'est de passer
toute une vie sans te voir

c'est une chanson construite sur un départ au sens de la rupture, une absence à cause d'un choix d'être ailleurs, de ne plus être là, avec l'autre – magnifique chanson de tristesse, de séparation, la crainte de passer toute une vie sans le voir, sauf que bien sûr maintenant le sens est tellement différent pour Roxane, ce n'est pas qu'elle le craint, c'est qu'elle le vit, elle va vivre toute sa vie sans le voir, et là ce n'est plus la possibilité qu'une chanson puisse te donner confiance dans la vie, c'est la certitude qu'elle met des mots articulés sur ce que

Roxane ressent au plus profond de son être, qu'elle lui permet de coller une notion claire sur son état, de construire un propos cohérent pour l'ensemble des tristesses qui sont si coagulées qu'elles sont indicibles, inextinguibles ; c'est du moins ce que pense Lucas, c'est ce qu'il pense qu'il comprend des larmes qui donnent une sorte d'espace cadré à la peine de Roxane. La voiture est garée, la chanson est finie ; profondeur du bruit de la clé qui coupe le contact, de la portière qui s'ouvre et se referme avec précision, des pas de Roxane sur le sol comme des marques d'un chemin qui hésite mais ne veut pas se perdre, pour avancer vers la vie, c'est l'heure du rendez-vous avec la psy – Lucas n'y va pas, même de là où il est il considère qu'il doit respecter ce temps qui n'est que pour elle, que pour son intimité, pour son espace de reconstruction : la reconstruction de toute une vie à passer sans le voir.

Et puis.

Un soir il les regarde dîner, il est plongé comme tous les soirs dans cette atmosphère familiale, celle qui faisait leur quotidien, *avant*, et ce soir il est frappé par le fait que leur vie était tellement normale, c'était une famille absolument normale, banale, classique, sans aspérités, une famille qui pouvait presque sembler pénible dans son absolue normalité, ce couple hétéro avec deux enfants fille-garçon gentiment genrés, une maison à Marseille, une vie sans reliefs, une vie sereine, avec son lot d'incompréhensions bien sûr, dans le couple, dans les relations parents-enfants, mais rien que de très habituel, d'attendu, de connu, de connu par beaucoup de gens similaires à eux – et puis une forme de bonheur qui pouvait sans doute paraître parfois indécent, quand à Marioupol, quand à Gaza, quand le climat, quand la biodiversité, quand l'extrême droite, et eux qui profitaient de leur maison vaste et tranquille, de leur clim l'été, du chauffage l'hiver, eux qui mangeaient ce qu'ils voulaient quand ils voulaient, qui s'offraient les plaisirs de la classe moyenne supérieure, un bon resto de temps en temps, des vacances en location chaque année, des voyages régulièrement, une famille ni très engagée ni totalement désengagée, produits bio, voiture hybride, le train le plus possible, pas trop de viande, mais donc cette famille si normale, si classique, si moyenne dans le sens où elle était entièrement dans la moyenne financière, démographique, humaine de la France, cette famille qui n'avait rien de particulièrement intéressant, qui n'aurait jamais été l'objet de l'attention de quiconque, si ce n'est peut-être d'un sociologue cherchant un modèle de cellule familiale le plus proche de la moyenne, cette famille soudain a vu son destin basculer, et maintenant c'est une famille que plus personne n'envie, ni ne jalouse, ni ne regarde comme banale, c'est une famille orpheline, une famille qui n'est pas entrée dans la toute première catégorie, celle des familles les plus éprouvées parce que frappées par la perte d'un enfant, mais qui est entrée dans la catégorie qui vient juste après, celle frappée par la perte d'un parent encore jeune, pour le parent restant, pour les enfants, c'est bel et bien un monde qui s'est effondré, c'est une vie qui ne sera plus jamais légère, et Lucas se dit que s'ils avaient su, tous les quatre, lui évidemment mais aussi eux trois, s'ils avaient su, avant, que leurs jours de tranquillité étaient comptés – eh bien quoi, qu'auraient-ils fait de différent ? Leur vie aurait-elle été moins normale, moins banale, moins classique ? Lucas à vrai dire aimait cette vie-là, il n'avait pas d'ambition particulière qu'il n'aurait assouvie, ni professionnelle, ni sexuelle, ni parentale, rien ne lui semblait ne pas correspondre à ce qu'il attendait. Cette vie banale lui convenait – elle lui plaisait. Sa vie. Il a su en profiter. Mais eux ?

Et puis.

Ce samedi matin, Lorenzo est en train de jouer devant sa console vidéo, avec son camarade de classe, Rayan, son genre de meilleur ami, Lucas l'a vu tant de fois, depuis le CM1 les deux minots sont super potes, là ils sont lancés dans une partie de Fortnite, ce jeu qui ne se démode pas, qui continue à toucher les petits adolescents, il faut dire que c'est spectaculaire, ça bouge dans tous les sens et surtout pour Lucas c'est stupéfiant car les pixels semblent avoir été divisés en des centaines de plus petits pixels, mais pas comme une meilleure résolution, plutôt comme une sorte de multiplication des espaces, des profondeurs de champ, des espaces-temps, sur l'écran il y a autre chose que ce simple personnage en train de s'envoler, il y a ses doubles et triples autres lui-même qui font les mêmes gestes que lui mais tout autre chose, et les musiques absolument synthétiques sont des boucles dont les structures se dessinent aux oreilles de Lucas – en tout cas Lorenzo a l'air ravi, il est en train de masterclasser Rayan, c'est son expression et il la répète dix, vingt, cinquante fois, je te masterclasse, et c'est vrai qu'il domine la situation et son adversaire, pause goûter.

Et Rayan, comme un collégien de quatrième, avec sa naïveté et son envie aussi que ça aille bien pour son copain, lui dit c'est cool en tout cas maintenant tu n'es plus triste à cause du décès de ton père, et Lucas entend le grondement de son fils, c'est un mélange de sanglot et de rage qui sort d'un coup, comme un tir de mortier, comme une boule de feu qui va broyer Rayan, Lorenzo crie, pleure, gémit, hurle, s'effondre, il s'en va, se barricade dans sa chambre, laissant Rayan démuni. Et Lucas qui ne peut pas expliquer à ce collégien qui va finir par se lever et partir tout seul de leur maison, rentrer chez lui, Lucas ne peut pas lui dire que face au deuil il vaut mieux, toujours, éviter de se fier aux apparences.

Et puis.

Ça fait un mois. Un mois qu'ils l'ont enterré, là, au cimetière de Mazargues, pas très loin de la maison, et aujourd'hui Sofia est venue sur la tombe avec un grand garçon tout habillé de noir, et noir aussi de peau, un beau garçon, le regard calme, le regard profond, le regard triste, Sofia s'accroche à son bras comme un oiseau blessé s'accroche au sol pour ne pas être emporté par les rafales de la vie qui claquent et reclaquent, elle a les yeux embués de larmes et elle parle à son père, elle lui dit qu'aujourd'hui elle veut lui présenter Pascal, son amoureux – on commençait tout juste à être amoureux quand il y a eu ton accident, on était au tout début de notre histoire, moi je pensais que la vie serait normale, qu'on prendrait le temps de se connaître, de se découvrir, de commencer quelque chose, de poser quelque chose, tu comprends Papa, avant de vous présenter Pascal, tu imagines tu viens à peine de toucher la peau d'un garçon et tu lui dis il faut que je te présente mes parents, ce serait *weird*, moi je pensais que j'avais tout le temps, qu'on aurait tout le temps, nous tous, nous les amoureux et vous les parents qui rencontrent mon amoureux, tu comprends ? Du coup j'attends encore, pour Maman, j'attends encore un peu, mais toi je me suis dit que, bon, on pouvait bien, finalement, on pouvait bien venir tous les deux.

Pascal ne dit rien. Il hoche parfois la tête, imperceptiblement. Autour d'eux le cimetière émet des harmoniques très basses et continues, le vent léger qui berce les frênes et les micocouliers, au loin la route et tout près des oiseaux qui parfois ont tant de choses à dire, eux aussi – Lucas les entend mais écoute sa fille qui continue, tu sais après ton accident il a été tellement bien, tellement compréhensif, et doux, et drôle, tu sais, il a réussi à me faire rire alors que j'étais triste tous les jours, tous les jours je suis triste, Papa, tu te rends compte, c'est pas possible une vie où tous les jours on est triste, je pensais que c'était pas possible mais c'est ce qui m'arrive, et Pascal il m'aide, voilà, c'est pas que je suis moins triste, c'est qu'il m'aide, il m'aide à rester debout, il m'aide à me lever le matin, il m'aide à croire à la vie, au fait qu'il y a une vie après, qu'il y aura une vie, qu'on aura droit à une vie, au moins Lorenzo et moi, Maman je ne sais pas, Maman je ne crois pas, je ne sais pas, je ne veux pas savoir, je ne peux pas réfléchir pour Maman, je ne peux pas savoir et

Elle fond en larmes. Pascal la serre contre lui, pose une main sur le bas de son dos et l'autre sur la nuque et la secoue tout doucement, comme pour la bercer, comme pour apaiser la peine, il est une sorte d'absorbeur de tristesse, comme un mur couvert de boîtes d'œufs fixées là pour absorber le son, lui il absorbe les ondes de la tristesse de Sofia et il reste droit, le corps pourtant traversé par ces ondes, miné par cette tristesse, pas indemne lui non plus mais il fait face, au sens propre et au sens figuré, et cela dure un long moment les sanglots de Sofia.

Lucas regarde sa fille et ce garçon, ce garçon qui doit lui aussi avoir seize ou dix-sept ans, il trouve beau ce couple, cet amour qui se serre et qui protège, qui les protège l'un et l'autre, car Pascal aussi est protégé par Sofia, elle aussi fait un rempart symbolique contre d'autres peines, d'autres peurs, passées ou à venir, Lucas regarde ces deux jeunes personnes et prend conscience qu'il ne verra jamais les enfants de ses enfants, il pense au petit bébé qui pourrait naître de cette union, il aurait voulu le prendre dans ses bras, minuscule boule de vie, Lucas aurait voulu connaître à nouveau cette émotion d'avoir un bébé collé contre soi et de se dire que ce bébé vient après toi, Sofia et Lorenzo venaient de lui, et ses petits-enfants viendront de ceux qui viennent de lui, mais ces petits-enfants il ne pourra pas les sentir, pas les entendre, pas les voir – seulement savoir.

Sofia s'est penchée sur la tombe, elle s'occupe de remettre bien les fleurs, les plaques, elle continue à pleurer mais tout doucement, presque tranquillement, et elle sourit en montrant à Pascal une abeille qui butine une fleur, Pascal s'assied à ses côtés – c'est un taiseux, les deux sont assis sur le bord de la tombe et ils ne disent rien.

Ils se tiennent par la main.

Cela dure longtemps.

Lucas les regarde. Profite de ce moment suspendu. Il écoute aussi ; mais ils ne disent rien. Leur amour s'échange en silence. Ce sont leurs respirations qui se parlent harmonieusement, qui s'entremêlent en un seul son commun, calme et tendre.

À un moment Sofia se relève, Pascal se relève, Sofia fait un petit signe d'au revoir à Lucas qui s'apprête à les suivre, il voudrait entendre au moins une fois le son de la voix de Pascal, les deux amoureux viennent de franchir le portail, se mettent à courir parce qu'il y a un bus qui est là, ils prennent le bus, Lucas est toujours avec eux, et Sofia commence à dire des mots d'amour à Pascal, des mots très tendres mais des mots qu'un père ne doit pas écouter, des mots que personne d'autre que celui à qui ils sont destinés doit écouter, alors Lucas s'arrête là, arrête de les suivre, ne reste pas avec eux – il n'aura pas entendu Pascal.

Et puis.

Ce soir au dîner les retrouver tous les trois, Roxane, Sofia, Lorenzo, et les écouter parler, de tout, de rien, entendre encore une fois le son de leurs voix.

Leurs voix : la voix de Lorenzo, aiguë presque toujours parce qu'il n'a pas encore vraiment mué, mais un peu quand même, et Lucas pourra garder comme traces pour l'après les moments où la voix de son fils devient une belle basse avant de regrimper de quelques octaves sous le coup de la contrariété, de la surprise, du rire aussi parfois ; la voix de Sofia, fine mais un peu traînante, une voix d'ado qui n'a pas tellement envie d'articuler comme il le faudrait, une voix claire mais pas complètement posée encore, là aussi Lucas devra recombiner avec ce qu'il connaît de la voix mûre que Sofia prend, par exemple quand au téléphone elle réserve un créneau pour aller faire du paddle, qu'elle joue à l'adulte, qu'elle montre ce qu'elle sera, une femme sûre d'elle mais drôle quand même, ne se prenant pas au sérieux, tout cela pas seulement dans la voix mais dans tout ce que Lucas sait de sa fille ; la voix de Roxane, sa voix d'une profonde douceur et beauté, un peu grave d'ailleurs, grave au sens de la hauteur des notes et pas de la gravité, une voix légère en étant grave, une voix puissante et subtile, parfois en jouant du piano Roxane chante par-dessus, quelques morceaux qu'elle aime bien chanter, *Après un rêve* de Gabriel Fauré ou le *Winterreise* de Schubert, quand elle était jeune Roxane avait hésité entre le piano et le chant, elle a gardé une force vocale que Lucas adore écouter, mais ça c'est fini, depuis l'accident elle n'a pas rechanté, le piano oui mais jamais elle n'a sorti d'elle ce qui vient d'elle, besoin d'un élément extérieur, d'un outil en soutien, les marteaux du piano qui tapent les cordes se mobilisent plus facilement que ses propres cordes vocales, ce soir après son dernier cours de piano, après le départ de l'élève, elle a reposé le couvercle un peu lourdement, en soupirant, en fermant les yeux, et elle est allée préparer le dîner pour les enfants. Et au dîner Lucas est là, comme tous les soirs.

Comme tous les soirs, il n'est pas là, ils dînent tous les trois, discussions banales, une forme de « vie » qui continue, le collège, le lycée, l'actualité politique, et les faits-divers, et les plats, et je peux avoir l'eau s'il te plaît ? Et bien sûr au détour d'une phrase faire allusion à Lucas – il n'y a pas un jour où ils n'en parlent pas.

Ce soir ne pas les regarder. Simplement les écouter, écouter tout ce qu'ils ont à dire et en profiter, il faut en profiter, il faut le goûter, les mots importent moins que les sons, les intonations, chaque petit rebond sonore qu'il pourra prendre, qu'il pourra recevoir, qu'il pourra essayer de protéger dans sa mémoire infinie.

Dire au revoir à leurs voix. Et à tout ce qui va avec. Le chant de Roxane. Le rire de Sofia. Les *han* de Lorenzo. Tout ce qui m'a tellement nourri. Tout ce qui faisait le son de notre vie ensemble.

À présent
le
silence.

une année

Il la regarde jouer du piano. C'est étrange, bien sûr, de la voir sans l'entendre – mais. C'est déjà ça. Ça déjà. Ses mains sur le clavier. Les mouvements de ses doigts, de son torse, son regard clair et concentré, son énergie centrée, elle en est à la vingt-huitième variation Goldberg maintenant, Lucas ne l'entend pas mais le voit sur la partition, il ne sait pas lire la musique et il est évidemment incapable de retrouver dans sa mémoire le déroulement du morceau, mais dans la façon dont elle joue il trouve qu'il y a quelque chose qui semble plus apaisé, comme si c'était une variation qui ouvrait vers la réconciliation, réconciliation de la main droite et de la main gauche qui n'ont pas l'air de se courir après mais d'être ensemble, d'avancer ensemble ; réconciliation aussi de la pianiste avec elle-même : il y a quelque chose de plus serein dans le regard de Roxane et c'est vraiment doux à voir, elle monte vers les aigus, c'est calme, c'est profond, c'est beau, Lucas regarde fasciné la main droite qui s'arrête sur les dernières notes, qui reste immobile. Une ombre de tristesse passe sur le visage de Roxane ; elle reprend au début.

Et puis.

Lorenzo est à la boxe. Il est face à son entraîneur et il tape, en silence, les coups sont calmes de toute façon mais, là, encore plus amortis, absorbés par une sorte d'onde en négatif, Lucas imagine très bien, sait très bien, *voit* très bien que Lorenzo lâche un *han* à chaque coup, et que l'entraîneur sans doute lui dit que cette tentative de crochet était vaseuse, qu'il faut être plus précis, mieux diriger les gestes, Lucas a toujours bien aimé cet entraîneur, ce petit mec noueux et énergique, il observe ce lien presque paternel qui se construit entre un fils sans père et cet homme qui n'a pas d'enfant, cette tendresse dans les coups amicaux qu'ils s'échangent, cette douceur que met le prof à imposer à l'élève d'être plus concentré, plus dans le coup, la boxe c'est pas un sport de bourrin il faut une intelligence, intelligence de la situation et justesse des gestes, mais Lorenzo n'a que treize ans et demi, il a du mal à conceptualiser l'intelligence de ses gestes, surtout en ce moment, il est désordonné, décentré, et l'entraîneur patiemment qui lui fait refaire six fois, sept fois, huit fois, cet enchaînement droite crochet du gauche, plus sec, plus cadré, plus adressé – et à la fin le gros gant du prof sur le front moite et un peu pâle de Lorenzo dont le regard brille de fierté : il a droit à des compliments, Lucas est content. Continue comme ça, oui mon fils, continue comme ça – canalise ton énergie dans des gestes précis qui te feront te sentir être en vie ; toute ta vie.

Et puis.

Roxane est invitée chez des amis, des amis ni très proches ni très lointains, lui est musicien aussi et sa femme est institutrice, un couple sympa qu'ils aimaient bien fréquenter tous les deux, avant, ils les voyaient cinq ou six fois par an, comme une sorte de rendez-vous lointain, amical sans enjeu fort ni en amont ni en aval, le plaisir d'une bonne soirée, lui est connaisseur en vin, il leur faisait toujours goûter des vins étonnants, sympathiques, elle est subtile, empathique, et ce jour-là Lucas voit que Roxane a fait un effort pour y aller, tout dans ses gestes trahit sa lassitude, plus précisément son manque d'enthousiasme à sortir, cela fait quoi, quatre mois maintenant, quatre mois dans cette nouvelle vie et Roxane ne sort jamais, ne laisse jamais les enfants, mais là les deux du couple ont insisté, avec douceur d'ailleurs, lui ont dit qu'ils pourraient venir si ça arrangeait Roxane ou alors lui faire un bon petit plat, un curry de légumes (elle est d'origine indienne et elle fait de délicieux currys), Lucas avait vu les messages qu'ils avaient envoyés, vu aussi la façon dont Roxane répondait, à la fois contente de leurs attentions, de leur douceur, et fatiguée à l'idée de devoir accepter cette invitation alors que rien ne lui donne envie, certainement pas boire du bon vin en mangeant un curry de légumes fait maison – c'est ce soir.

Le dîner commence bien, au début il y a les enfants du couple mais ils quittent la table après le plat, ils ont droit à une glace à emporter dans leurs chambres, et quel ado ne se réjouirait pas d'aller tranquillement dans sa chambre manger son dessert sans se farcir la sociabilité adulte, Lucas observe Roxane avec le couple, et il voit, plus ça va plus il arrive à lire sur les visages les réactions, les états d'esprits, les humeurs, il voit que le couple est plein d'énergie, plein de bonne humeur, avec le vin aussi, l'homme fait des gestes amples, sa femme rit, et Roxane elle a le regard de plus en plus trouble, sombre, Lucas qui maintenant sait aussi lire un peu sur les lèvres voit qu'à plusieurs reprises elle prononce son prénom à lui, « Lucas », tout proche du mot « mort », la mort de Lucas, quand Lucas est mort, depuis que Lucas est mort – sans doute quelque chose comme ça, de toute façon ce ne pourrait pas être autre chose, pas Lucas m'a quittée ni Lucas va très bien merci, ces propositions pas possibles, la seule chose possible à dire c'est Lucas est mort construit d'une façon ou d'une autre, bref à plusieurs reprises Roxane y revient, relance, veut en parler, il le voit, il le lit sur son visage, et à chaque fois les deux autres, l'homme surtout, la femme un peu moins (une fois au moins Lucas perçoit qu'elle pose une question à Roxane sur ce sujet), parlent d'autre chose, relancent la discussion sur tout autre chose, c'est bizarre parce que Lucas n'entend rien mais pourtant c'est évident, c'est très clair, les gestes tonitruants de l'homme, le rire complice de la femme, et le visage de Roxane qui se ferme, qui s'efface, qui s'éloigne – Lucas connaît bien cette façon qu'elle avait parfois, quand une conversation ne l'intéressait pas, de s'en débrancher complètement, de se déconnecter du présent, de quitter l'espace symbolique du dialogue, là c'est pareil mais à la puissance ultime, elle ne veut plus jouer le jeu, jouer ce rôle, jouer la comédie, elle se lève, Lucas voit ses mains qui tremblent légèrement, ces mains qui plus tôt dans la journée, sur le piano, semblaient si solides, si coriaces, si fortes, et qui là sont en totale déroute, en effondrement, des mains d'effroi, et l'homme relance une discussion, ou une blague, ou quoi, ne voit-il pas que Roxane veut partir, qu'elle voulait parler de Lucas, que si elle venait c'était en pensant qu'elle pourrait en parler, qu'ils allaient en parler, forcément en parler, le couple s'entendait bien avec Lucas et comment parler d'autre chose.

Mais non.

Et Lucas voit le visage fermé de Roxane qui conduit seule, elle est seule dans tous les sens du terme, seule à rentrer et seule dans sa vie, et seule aussi ce soir, seule parce qu'ils ne voulaient pas parler de Lucas, ils refusaient l'obstacle, ils refusaient d'y aller, de peur peut-être de sombrer avec elle dans la tristesse, dans sa peine, ou alors par désir un peu idiot de parler d'autre chose, ou encore par volonté pénible de vouloir la protéger *malgré elle* de l'évocation de Lucas, mais ce n'est pas ce qu'on attend des amis pourtant, de construire le déni, de fabriquer le comme si de rien n'était, ce qu'on attend c'est de partager, de pouvoir déposer un peu de sa peine dans un pot commun pour qu'elle puisse non pas s'ôter, mais simplement parce que tout le reste est intolérable, pas que la vie des autres continue, mais de ne pas parler de ce qui se passe, de ce qu'il y a à dire, de ce qu'elle voudrait dire, parler de Lucas – et Lucas voit sa femme qui gare lentement la voiture dans le garage, ferme lentement la porte qui coulisse verticalement, entre lentement dans le salon, les enfants sont couchés, non, pas Sofia, Sofia l'attendait, affalée sur le canapé, à faire semblant de regarder un truc à la télé en checkant les messages des potes, rester liée par la magie du numérique au groupe de la première 4, alors que dans le réel elle est si loin d'eux, si loin dans son état mental par rapport aux leurs, le bac français est passé maintenant, il n'y a plus cours mais ce ne sont pas encore les vacances alors le groupe whatsapp fait office de lieu de rencontre, de salle de classe virtuelle, et Sofia se nourrit de cette sociabilité numérique sans y participer vraiment, la mère embrasse sa fille, elles s'embrassent tout le temps maintenant, beaucoup plus qu'avant, Lucas l'a déjà noté à plusieurs reprises, Roxane interroge sa fille sur le déroulement de la soirée, RAS, et il voit sur les lèvres de sa fille quelque chose comme *et toi c'était sympa* ou *et alors toi c'était sympa* ou *et toi c'était comment*, enfin une question simple sur le dîner de Roxane, Roxane fait un sourire triste, ce sourire qu'elle fait souvent maintenant, qu'elle fait si souvent, elle dit quelques mots de banalité, Lucas comprend qu'elle ne va pas embarquer sa fille là-dedans, dans sa peine redoublée parce qu'elle n'a pas pu la partager, qu'ils n'ont pas ouvert d'espace pour qu'elle puisse la partager, elle embrasse Sofia à nouveau, c'est l'heure d'aller se coucher, pour la mère et pour la fille, la nuit comme moyen non pas de ne pas penser, de ne plus penser, mais simplement comme moyen de marquer la frontière entre aujourd'hui et demain.

Maintenant et ce qui viendra après. Mais après, au réveil, le cauchemar continuera. Il n'y aura plus jamais, ni pour elles ni pour Lorenzo, de réveil paisible à se dire que ça n'a pas eu lieu.

Lucas aimerait tellement. Aimerait tellement mais ça ne sera pas possible, aimerait pouvoir parler avec Roxane, parler avec elle de son départ à lui, ouvrir cet espace que les amis lui ont refusé, lui ouvrir pour qu'elle se sente moins malheureuse, qu'elle échappe à la double peine, celle de la mort de Lucas et celle du silence qui masque cette mort – Roxane prend son somnifère et éteint.

Je suis là, tu sais : je suis là. Mais, non, tu ne le sais pas.

Et puis.

Sofia est dans le jardin. Elle est devant l'olivier, elle griffe la terre à son pied, elle le chouchoute, elle le cajole, elle met un peu de compost et d'engrais, elle mêle tout cela à la terre, elle arrose, elle paille, elle caresse presque le petit arbuste, elle regarde chaque feuille avec tendresse, c'est l'arbre de son père, c'est étonnant la façon dont un objet peut devenir transitionnel pour perpétuer le souvenir de quelqu'un, cet olivier qui n'a été planté qu'après l'accident, qui n'avait donc aucun lien direct avec Lucas, cet arbre magnétise quelque chose pour Sofia, bien plus par exemple que le citronnier qui est toujours là, vaillant, ce citronnier qu'ils avaient planté ensemble, que Lucas avait ramené du Jardiland, ce citronnier Sofia n'y prête aucune attention, celui-là c'est Roxane qui s'en occupe au quotidien, qui le bichonne, qui le savonne noir – c'est l'olivier l'objet symbolique pour Sofia, ça s'est fait tout seul, elle y investit beaucoup de temps, beaucoup de soin ; Lucas voit les mains de sa fille qui travaillent pour l'arbre et qui apaisent son âme. C'est sa manière à elle d'avancer sur le chemin ; c'est rassurant.

Et puis.

Un après-midi Lucas regarde son fils, dans sa chambre. Lorenzo ne fait rien. Il ne fait rien du tout. Il est sur son lit, son téléphone posé à côté, et il ne fait rien. Il regarde en l'air. Son téléphone vibre, de temps en temps, Lucas voit l'écran qui s'allume et le léger tremblement de l'appareil, mais Lorenzo ne répond pas aux messages, ne checke même pas les notifs.

Lucas observe avec attention le visage de son fils, ce visage pas entièrement formé, pas terminé plutôt, visage en cours d'évolution, c'est difficile quand on regarde un jeune homme de treize ans et demi, bientôt quatorze, c'est difficile de se le représenter adulte, Lucas s'appuie sur une astuce mentale, la plus simple possible pour lui, se souvenir de photos de lui-même, Lucas adolescent puis Lucas jeune adulte, puis Lucas père de famille, et le Lucas d'il y a quelques mois, le Lucas presque quinquagénaire, et le passage de ces traits fins malhabiles, ce regard un peu farouche du Lucas de quinze ans au regard stabilisé du Lucas de quarante-sept ans, un visage plus clairement dessiné, plus franchement *lui-même,* la naïveté, la fraîcheur de l'adolescence envolées, mais la forme extérieure la même, un peu élargie peut-être, burinée évidemment, mais oui il y a une continuité, un glissement vers l'âge mûr – et maintenant il faut appliquer cela à Lorenzo, il faut mettre ce filtre mental vieillissant sur ce visage poupin triste et hésitant, il faut imaginer ce grand front qui s'agrandira forcément petit à petit, les deux golfes ouvrant un espace de peau de part et d'autre, les yeux d'un vert un peu mat se foncer nécessairement, le nez durcir sans doute, cette bouche gourmande et enthousiaste s'affiner, et les traits se préciser, un visage plus long ou plus rond ? plus doux ou plus dur ? plus mat ou plus clair ? plus léger ou plus lourd ? plus souriant (comme sa mère) ou plus grave (comme son père) ? plus lisse ou plus tressé ? plus tendre ou plus cruel ? mais beau, bien sûr, comment un père pourrait-il penser son fils autrement que beau, son beau garçon, son grand garçon, ce bébé qui, il n'y a pas si longtemps, n'était qu'une petite chose agitée et douce et que Lucas en le regardant là frêle encore, frêle de l'adolescence et frêle du deuil, que Lucas imagine devenir père à son tour, la fierté, l'énergie que te donne la paternité, et la maturité d'un coup, Lucas se souvient qu'à la naissance de Sofia il s'était senti d'un coup transformé, d'un coup autre chose, pas plus adulte car adulte il l'était déjà, mais responsable, responsable de ce petit être arrivé sur Terre et dont la vie dès lors va reposer sur mes épaules et sur celles de sa mère, quatre épaules pour tenir la structure qui la protégera jusqu'au jour où elle quittera notre foyer ; même structure pour son fils arrivé trois ans plus tard, même projet de tenir pour lui aussi, pour eux.

Et maintenant la structure est à moitié effondrée. Lucas n'est plus là pour tenir. C'est Roxane maintenant, toute seule, avec ses épaules que Lucas aime tant, ses épaules magnifiquement dessinées, rondes et subtiles, et solides aussi, Roxane porte des choses lourdes sans difficulté, les heures de piano et la piscine trois fois par semaine font des épaules coriaces, épaisses mais toujours aussi fines pourtant – mais dès qu'on passe à la métaphore c'est autre chose, elle va devoir porter à elle toute seule les années encore fragiles des enfants, des enfants à demi orphelins ; et ce souvenir éternel que leur père leur a été retiré trop tôt.

Lucas regarde Lorenzo, c'est tout ce qu'il peut faire, le regarder et construire, du mieux possible, l'image de Lorenzo à vingt ans, à quarante ans, à soixante ans, à quatre-vingts ans, Lorenzo plus vieux que son père, beaucoup plus vieux que son père, Lorenzo devenu vieil homme qui n'aura pas eu loisir de voir son père devenir vieil homme.

Et puis.

Ce matin Roxane est toute seule, les enfants sont à l'école, elle a mis un disque sur la platine CD, ils sont une famille dans laquelle la musique s'écoute encore sur des supports physiques, du moins dans le salon, il y a cette belle et déjà vintage chaîne hi-fi pour laquelle Lucas avait construit un meuble, un simple meuble en pin, ensuite Roxane l'avait teinté, lui avait donné du caractère, une âme, Roxane a pris un CD de Christophe, un de ses derniers disques, *Aimer ce que nous sommes*, du titre de cette chanson qu'ils aimaient chanter tous les deux ensemble,

aimer ce que tu es
aimer ce que je suis
en somme, aimer ce que nous sommes

mais ce n'est pas cette chanson que veut écouter Roxane, Lucas l'a très bien compris, l'a très bien imaginé, elle va à la dernière plage du disque, la numéro 13, celle qui s'appelle « Lita », sur le lecteur CD l'afficheur montre « 13 » et le temps de la chanson qui débute, qui va durer huit minutes, c'est une très longue chanson, et au bout d'à peu près trois minutes Christophe se met à psalmodier, sur une musique puissante et triste, il ne dit presque rien, juste quelques mots,

j't'aime
j't'aime encore
je t'aime encore

un soir il y a longtemps, Lorenzo était tout petit encore, Lucas avait mis la chanson assez fort, dans le salon, les enfants étaient couchés, et à ce moment-là, un moment très beau, très émouvant, il avait monté le volume, et il avait dit à sa femme à mon enterrement j'aimerais que tu mettes cette chanson comme ça tu te souviendras que je t'aime encore – même si je ne suis plus là. Ils avaient ri, légers ; ou souri ? C'était tellement abstrait.

À l'enterrement il n'y avait pas eu de musique, Roxane était dans un tel choc, incapable de construire quelque chose d'un peu fort, ç'avait été une cérémonie toute banale, expédiée presque – peu importe.

Là elle écoute la chanson. Elle écoute ces mots. Roxane est installée dans le canapé, pelotonnée comme elle fait si souvent maintenant, depuis. Elle écoute. Elle pleure.

Lucas la voit pleurer. Il n'entend pas la chanson, il n'entend pas ces mots – il n'entend pas ses propres mots, ceux qu'il a laissés au creux de ce disque, qu'il a laissés à Roxane, ces mots pour lui dire qu'il l'aime encore, malgré tout, malgré la distance, malgré le vide, malgré la perte, et les larmes de Roxane lui disent qu'elle le sait, qu'elle l'entend, qu'elle sait qu'il est en train de lui dire cela. Il lui dit qu'il l'aime encore, et elle l'entend.

Et il la voit.

Et puis.

Un soir il les regarde rire, tous les trois ils rient, ils sont à table et peut-être que Sofia a fait une blague, sans doute, des trois c'est la plus farceuse, elle a toujours aimé raconter des plaisanteries, des histoires drôles, les humains sont ainsi faits que certains n'aiment rien tant que de faire rire leurs congénères, tandis que d'autres n'aiment rien tant que de rire aux blagues des autres (d'autres encore n'aiment ni rire ni faire rire, mais heureusement ceux-là ne font pas partie de la famille de Lucas), Sofia depuis qu'elle est toute petite fait des blagues, à trois ou quatre ans déjà elle prenait son air malicieux et elle se lançait dans la récitation (plus tard dans la lecture) de blagues, évidemment ses parents se forçaient un peu à rire, exagéraient l'effet produit, a fortiori quand cela faisait soixante-deux fois qu'elle racontait la même blague, en grandissant ça s'est affiné, comme le vin l'humour gagne en profondeur avec l'âge (du moins s'ils sont l'un et l'autre de qualité), et comme grande ado, ou jeune femme, elle est toujours très drôle, insolente aussi, mais jamais méchamment (en général), du moins toujours subtilement, et donc là Lucas se dit qu'elle a sans doute fait une blague, il ne regardait pas avec attention, parfois il est là de manière pas totalement concentrée, il est là pour être près d'eux, pour les voir, pour partager encore un peu, tant qu'il est encore temps, leur quotidien, mais sans scruter avec attention leurs lèvres pour tenter de deviner, d'entendre, de comprendre, juste ressentir leur présence, leurs présences, mais donc les voilà qui rient tous les trois, ensemble, ça fait plaisir, c'est presque un peu magique, et pourtant non, ce n'est pas que joyeux, il y a autre chose, autre chose que perçoit Lucas dans leurs yeux à tous les trois, quelque chose qu'il ne peut pas ne pas percevoir, parce qu'il se souvient qu'avant il n'y avait pas ça dans leur regard quand ils riaient, cette toute petite chose, tout au fond mais ça se voit quand même si on veut voir, cette froideur, cette distance au moment, à l'éclat de rire, à la fête, à la joie, ce petit recul qui fait que là aussi le monde est coupé en deux, entre ceux qui ont vécu ça et ceux qui n'ont pas vécu ça, et maintenant pour Roxane, pour Sofia, pour Lorenzo, il y aura toujours cette façon d'être, pas entièrement relâchée, abandonnée, une forme de qui-vive, mais un qui-vive pas pour l'avenir, pas une inquiétude, un qui-vive au sens du souvenir de la dualité entre une âme qui vit et l'autre qui n'est plus là.

Et puis.

Un jour que personne n'est là Lucas fait un tour, seul, dans la maison. C'est étrange mais c'est ainsi :

il veut dire aussi au revoir au lieu ; échanger avec l'endroit – un endroit c'est rien et tout à la fois, ici dans cette chambre ils ont conçu Sofia, il s'en souvient très bien, c'était trop clair entre eux deux pour ne pas savoir que ça avait lieu ce soir-là, c'est ici aussi que Roxane a eu ses premières contractions, et aussi pour Lorenzo (mais pour Lorenzo ils étaient en vacances au moment de la conception), dans cette chambre ils se sont engueulés plein de fois, ils se sont aimés plus encore, ils ont parlé de tout, tous les mots qui se sont échangés ici, si les murs en gardaient la trace ils déborderaient de souvenirs, de savoir, de pensées, de joies, d'inquiétudes, de vie quotidienne aussi bien sûr, il y a cette fenêtre qui donne sur le jardin, Lucas regarde le citronnier, le charme, et puis cet olivier qui n'était pas là *avant*, cet olivier qui trouble quelque chose du jardin, qui divise l'espace et fait du mal au jardin, mais Lucas sait bien que ce qui fait le plus de mal c'est son absence à lui, l'olivier est là pour le rappeler, c'est normal, donc, qu'il fasse mal, du mal au jardin, Lucas se dit qu'il va redescendre voir aussi son cagibi, celui du vélo carbone, bien sûr il ne ressent rien de l'effroi que cela pourrait générer, il ressent juste une curiosité – dans le cagibi il n'y a plus rien, Roxane a dû jeter aussi tous les accessoires qu'il avait là, avec le vélo, chambres à air, outils, pompe évidemment, il n'y a plus rien, c'est un lieu vide, un lieu glacé, Lucas se dit que plus personne ne doit supporter de venir dans cet endroit, penser à son vélo carbone, à ces deux verrous qui ouvrent la porte qui donne sur dehors, mais alors est-ce que cette maison est trop chargée pour eux trois, est-ce que chaque endroit leur rappelle trop Lucas ? Est-ce qu'ils devraient déménager ? Il retourne au salon. Il va vers la chaîne hi-fi, il regarde une dernière fois leurs CD, leurs vinyles aussi, toute cette musique qu'il n'entend plus mais dont il se souvient, dont il se souvient qu'ils l'écoutaient ensemble, le soir Lucas aimait bien mettre un vinyle de jazz, Roxane s'était moqué de lui il y a bien longtemps parce que c'est un peu cliché quand même de mettre un 33 tours de John Coltrane ou Count Basie ou Ella Fitzgerald, mais n'empêche qu'il assumait le cliché, et les enfants avaient pris l'habitude, un dîner c'est deux faces en général – depuis qu'il n'est plus là Lucas a noté que

Lorenzo tous les soirs va fidèlement mettre un disque de jazz, tous les soirs il le dépose sur la platine qui est posée sur ce meuble que Lucas a fait de ses mains, et Roxane teinté, ce meuble fait par eux deux donc, et ce petit rituel du disque le soir s'ajoute à tous ces petits rituels qu'ils ont tous les trois pour garder de sa présence à lui dans leur vie, et Lucas se dit qu'il restera plein de choses de lui dans la vie de ses enfants, de leurs enfants, qu'il a laissé des halos qui continueront à briller doucement, à éclairer l'espace mental de ceux qui l'ont connu, et il y a quelque chose de doux dans cette continuité qui se fait – malgré tout.

Et puis.

C'est l'anniversaire de naissance de Lucas, ils font une fête – c'est très étonnant, c'est beau mais c'est étonnant, cette fête, avec plein d'invités, de la musique, des gens qui dansent, de la picole, des bonbecs, trois générations qui s'amusent ensemble, il y a les parents de Lucas, fatigués c'est vrai et le regard un peu lointain mais il y a quelque chose de beau dans leur présence même s'il est difficile de ne pas être frappés en les regardant par le fait qu'ils font maintenant partie de cette troublante part de l'humanité regroupant tous ceux qui survivent à leur enfant, il y a les sœurs de Roxane, leur énergie contagieuse, et beaucoup d'amis, et les amis des enfants, et la cousine préférée de Sofia, tout le monde joue le jeu, Lucas les regarde avec un peu de surprise, mais de gratitude aussi, toute cette bonne humeur réunie chez eux, voilà qu'arrive un gâteau avec écrit en gros « Lucas » et des bougies allumées tout autour, c'est, ç'aurait été, ç'aurait dû être son anniversaire de quarante-huit ans, tout à coup ce gâteau c'est trop, trop dur, brutalement Lorenzo fond en larmes, c'est d'une violence incroyable, des sanglots qui le secouent tellement ils sont énormes, la puissance de la jeunesse et la force des larmes, Roxane et Sofia fendent la foule et entourent leur petit bonhomme, leur frangin, leur fiston, leur bébé, leur chéri – autour tout est suspendu, attente troublée, hésitations, et puis les autres petit à petit reprennent des discussions, poursuivent la vie, il le faut bien, mais Roxane et Sofia ne bougent pas, ne disent rien, ne font rien d'autre qu'absorber les larmes de Lorenzo. Et finalement arrive un moment où les larmes finissent par se tarir – apaisement.

Et puis.

Ils sont partis marcher dans les calanques. Ils font la promenade qu'aimait beaucoup Lucas, pourquoi celle-ci plutôt qu'une autre, c'est le mystère indicible d'un lieu, de ce qu'il envoie, du message particulier qu'il émet auprès de celui qui marche, tout à coup la connexion se fait, et cette marche-là la connexion s'était tout de suite faite, la marche qui part des Baumettes jusqu'à Sormiou en passant par le col des Baumettes, un col pas bien difficile il faut l'avouer, 166 mètres, souvent Lucas allait aussi en vélo à la plage, mais par la route, par le col de Sormiou qui est légèrement plus haut, et surtout avec des montées qui vont au-delà de 20 % de pente, même avec les dix-huit vitesses de son vélo il avait du mal, il lui aurait fallu un plateau plus grand encore à l'arrière et plus petit à l'avant, de toute façon il préférait toujours l'autre route, le chemin à pied, celui qu'ils faisaient en famille, d'abord dans la forêt et puis soudain, à l'arrivée au col, la trouée au loin du bleu foncé, et la calanque dessinée en blanc sur bleu, et puis cette descente un peu casse-cou quand même, les grandes pierres blanches glissantes, ce qu'on appelle ici de la « pile », c'est une promenade toujours très joyeuse à faire, à l'aller parce qu'on sait qu'au bout il y a la mer, et au retour parce que c'était bon de se baigner, de se couper de la ville, d'être dans cette petite gangue marine où la pierre, le maquis, l'eau, et le sable sont les quatre éléments qui construisent le monde, mais cette promenade aujourd'hui n'est pas vraiment joyeuse, pas franchement triste non plus, du moins pas visiblement triste, ni aux yeux des autres randonneurs que Roxane, Sofia et Lorenzo croisent, ni à ceux de Lucas, mais il y a de la gravité, il y a toujours de la gravité quand ils sont ensemble, et ils ressentent tellement le besoin d'être ensemble, tous les trois, le plus possible, l'autre jour Sofia a dit à sa mère les autres c'est compliqué parce qu'ils n'ont pas Papa en eux, et là, précisément, personne d'autre qu'eux trois n'a le souvenir avec lui de cette descente un peu monotone, cailloux pierrettes terre sèche, tout très blanc, très sec, et voilà la mer, mais pour Lucas ça n'est pas du tout comme la mer avant, la mer telle qu'il la voyait, ou telle qu'ils la voient, eux, lumineuse bien sûr, profonde évidemment – pour lui c'est autre chose, tout autre chose, c'est une infinité de teintes, de brisures, de marbrures, de cassures, de reliefs, de lumières, de richesse ; c'est d'une telle beauté.

Ils arrivent à la plage. Pique-nique. Et Roxane va dans l'eau, elle nage doucement, avec lenteur mais puissance, et une grâce surtout, elle est vraiment une force qui va, mais une force blessée qui se doit d'avancer, et Lucas la trouve tellement belle, tellement en adéquation avec cet endroit, cette magie, elle ne fait qu'un avec la mer, elle est poisson, elle est furtive, elle est perfection – maintenant elle sort de l'eau, fraîcheur du corps mais quelque chose d'éteint dans le regard bien sûr, la mer ne suffit pas, rien ne suffit, rien n'y arrive, et Lucas aimerait qu'elle sache qu'il voudrait qu'elle soit heureuse, qu'elle surmonte sa peine, qu'elle accepte qu'il est parti, qu'elle décide de garder une entière foi en la vie, en la beauté de cette calanque et en la douceur de l'air – lui dire qu'il n'est plus là mais qu'elle si, et qu'elle est plus importante que tout, qu'elle doit croire en un avenir pour elle, en son avenir à elle, que ça n'abolira rien du passé, de la beauté de leur passé ; et, oui, Lucas à ce moment pense qu'il faudrait qu'elle rencontre quelqu'un, qu'elle puisse croire à nouveau en l'amour, mais pour elle c'est beaucoup trop tôt, il s'en rend bien compte. Beaucoup trop tôt.

Lui n'éprouve aucune jalousie, n'éprouverait aucune jalousie, sentiments qui n'existent plus à ses yeux, ce qu'il espère pour ceux qu'il aime c'est le bonheur, c'est la sérénité, c'est l'intensité. Et Lucas ne ressent aucune gêne à se dire que sa femme de bientôt cinquante ans est belle et désirable aux yeux de ce jeune sportif à la mâchoire solide et au pelage blond qui la regarde sortir de la mer avec un regard qui ne trompe pas – Roxane ne voit même pas le petit gars.

Et puis.

Il observe leur vie qui se reconstruit petit à petit, il sait bien que ce n'est qu'une façade, qu'une apparence de reconstruction, mais derrière cette façade il y a quelque chose qui se fabrique tout de même, derrière le fait que chaque matin les trois se lèvent, affrontent le présent, acceptent de mettre un pied devant l'autre, derrière cette façade qui pourrait n'être qu'illusion, qui pourrait se lézarder ou même se briser en mille petits morceaux de façade effondrés au sol d'une maison dont le toit menacerait alors à son tour de s'écraser, rompant définitivement l'idée d'un avenir possible, derrière cette façade-là, parce qu'il les connaît bien, qu'il les ressent bien, il perçoit qu'ils progressent, que ces mois qui passent les modifient, modifient quelque chose de la tristesse en eux ; il y a cette phrase qu'une vieille amie de la famille, qui avait perdu très jeune son petit frère, avait dit à Roxane, au tout début, à propos de la souffrance et du temps qui s'écoule : ça ne passe pas, ça s'espace. Et Lucas voit cela dans leurs gestes, leurs attitudes, leurs silences, leurs rires, leurs larmes : ça ne passe pas, ça s'espace. Et ça s'espacera, de plus en plus. Plus qu'une consolation : eux aussi vont vivre cela.

Et puis.

Dire au revoir il se souvient qu'il y avait une infinité de façons de le faire, parfois des amis que tu as salués chaleureusement en les retrouvant tu n'éprouves même plus le besoin de les embrasser en partant, le lien s'était construit avec force et se rompt avec douceur, parfois au contraire tu as envie de te serrer fort contre celui qui s'en va, de lui témoigner de ton amitié en mettant vos deux corporalités en fusion commune, parfois tu aimes partir vite d'un coup comme un ressort qui se déclenche, parfois tu aimes annoncer que tu vas y aller et tu reprends une fois deux fois trois fois du café parce que la discussion s'étire et que tu t'y sens bien, parfois tu n'as pas envie de partir mais tu le dois impérativement parce que le train n'attendra pas, alors que parfois le train est dans longtemps encore mais tu aimerais dire que c'est l'heure tellement tu t'ennuies.

Là pour Lucas rien de tout cela, là c'est une autre façon de dire au revoir, c'est une façon très lente, très continue, mais il sait bien que même à cette lenteur il va y avoir un terme, comme si un soir chez des amis tu annonces que tu vas partir très loin, à l'autre bout du monde, que c'est la dernière soirée ensemble, il faut en profiter, goûter chaque seconde, sans trop insister sur la particularité de cette soirée, la vivre à la fois comme si c'était une soirée normale et à la fois avec un maximum d'intensité possible, avec tout ce que tu peux mettre dans ce que tu offres et reçois de l'amitié.

Et quand c'est de l'amour, alors. Quand c'est l'amour pour ta femme, pour celle que tu as choisie, pour tes enfants, qui sont nés de toi ; quand tu dois leur dire au revoir.

Lucas n'a pas de mode d'emploi. Il n'y a pas de mode d'emploi pour lui – il y en a vaguement, multiples mais hypothétiques, pour ceux qui restent de l'autre côté, des règles à base d'hygiène sportive, de dialogues empathiques, de psychothérapies adaptées, de yogas énergisants, de religions optimistes, mais pour lui tout se découvre au fur et à mesure, tout se fait en autodidacte : autodidacte de la disparition. De sa propre disparition.

Pourtant il ne souffre pas : il est seul, sans armes spécifiques, mais il ne souffre pas. Tout ce qui doit arriver arrivera.

Et c'est bientôt.

C'est maintenant. Voilà. Voilà : c'est la fin de cette première année. Ils ont fait le tour complet d'un calendrier, sont passés par toutes les saisons, tous les anniversaires, les leurs, le sien, et sont arrivés à celui de l'accident, puis, juste après, celui de l'enterrement. Une année entière de deuil qui a marqué chaque étape, chaque nouvelle étape.

Désormais, pour eux, le compte ne sera plus découverte, mais ajouts. Ajouts infinis.

Pour lui, c'est autre chose.

Lui, c'est comme tout éteindre.

leurs vies

Lucas n'est pas enfermé, n'est pas dans le noir. Mais il n'a plus de lieux à parcourir ; plus rien à voir.

Ni il avance, ni il reste sur place. C'est autre chose. Un état dans lequel même l'espace n'existe plus. Dans lequel plus aucun sens n'existe.

Mais Lucas, lui, demeure.

Et il reçoit, en lui, des informations. Un savoir, sensible. Il sait ce qui arrive à Roxane, à Sofia, à Lorenzo, à tous les autres. Tout ce qui leur arrive.

Et cette fois c'est infini.

Non : la limite est le temps de ceux qui sont vivants – puisque, un jour, à leur tour, ils ne le seront plus. Un jour, à leur tour, ils connaîtront la minute à tout goûter, l'heure à tout toucher, la semaine à tout sentir, le mois à tout entendre, l'année à tout voir, et le reste à tout savoir.

Segments qui s'ajoutent les uns aux autres sans jamais se rejoindre.

Ils ne se rejoindront pas.

Ils s'éloigneront juste, chacun dans sa direction.

Et ils sauront alors ce que deviennent les autres : ceux qui étaient là avec eux, et puis ceux qui les ont connus, et ainsi de suite, par capillarité.

Les vies qui se partagent, qui se transmettent, qui se poursuivent ; les vies parfois simples, les vies sans suspens, sans surprises, sans twist qui inverse ce qui était en place ; les vies parfois complexes, tortueuses, empesées, rugueuses ; les vies souvent entre les deux, accélérations et ralentissements, troubles et sérénité, joies et peines qui se répondent, se superposent, ne cessent leur dialogue – une vie, c'est presque rien ; c'est tant de choses. C'est un chemin.

Alors Lucas apprend tout ce qui advient dans le temps des vies qui continuent. Les vies de ceux qui l'ont aimé ; de ceux qu'il a aimés.

Et puis.

Et puis, un jour, tous ceux qu'il avait connus vivants ne le sont plus.

Roxane plus là.
Lorenzo plus là.
Sofia plus là.
Les amis, la famille, plus là.
Et ceux qui ont pris leur suite, pareil.
Leurs enfants, plus là.
Leurs petits-enfants, plus là.
Ainsi de suite.

Et alors. Arrive un moment où il n'est plus besoin de savoir ce qui se passe encore pour les vivants qui restent – pour Lucas, les liens qui l'unissent à eux sont trop ténus. Et leur mémoire de lui : éparse, floue, incomplète. Bientôt entièrement perdue.

Alors Lucas peut renoncer à savoir.
Accepter que dorénavant plus rien ne compte.
Et là il n'y a plus rien à dire.
Cette fois, oui, cette fois, pour Lucas, c'est fini.

TABLE

prologue 9

une minute 19
(goûter)

une heure 23
(toucher)

une semaine 29
(sentir)

un mois 63
(entendre)

une année 95
(voir)

leurs vies 129
(savoir)

DU MÊME AUTEUR

Romans

Toutes les personnes
Stock, 2023
Le Livre de Poche, 2024

24 fois la vérité
Le Tripode, 2021
Le Livre de Poche, 2023

Jeu nouveau
Le Tripode, 2018

Urbs
Le Tripode, 2013

Meltzland
Panama, 2007

Mallarmé et moi
Panama, 2006

Autres

À travers les nuits : Franz Kafka 1912
Buchet Chastel, 2023

Des vivants
(scénario avec Louise Moaty, dessins de Simon Roussin)
Éditions 2024, 2021

La Roue, une histoire politique
Librairie Vuibert, 2020
Seuil, « Points », 2023

Lisbonne, voyage imaginaire
(avec Nicolas de Crécy)
Casterman, 2019

Suburbs II. Le port de Gênes
Le Tigre, 2013

De Voyou à Pov' con. Les offenses
au chef de l'État de Jules Grévy à Nicolas Sarkozy
Robert Laffont, 2012

Suburbs I. Autour du fort d'Aubervilliers
Le Tigre, 2012

Diam's sans jeux de mots
Le Tigre, 2010